鹿の王 3

上橋菜穂子

角川文庫
20426

目次

鹿の王　第三巻

人物紹介

ヴァン
〈独角〉の頭として東平瑠《ツオル》を
相手に戦ったが、敗れ、
アカファ岩塩鉱で奴隷となっていた

ユナ
岩塩鉱でヴァンが拾った幼子

トマ
オキに住む青年。
ヴァンたちを郷へ連れて行く

オゥマ
トマの父

季耶《きや》
トマの母。東平瑠から
移住させられオキに来た

ホッサル
二百五十年前に滅びた
オタワル王国の末裔で天才的な医術師

マコウカン
ホッサルの従者

ミラル
ホッサルの助手

リムエッル
ホッサルの祖父。高名な医術師

トマソル
ホッサルの義兄。
オタワル深学院〈生類院〉院長

シカン
トマソルの助手。
ユカタ平原の〈火馬の民《アファル・オマ》〉の出身

アカファ王
東平瑠に征服されたアカファの王

スルミナ
アカファ王の姪《めい》で東平瑠の
有力者・与多瑠の妻

トゥーリム
〈アカファの生き字引〉と呼ばれる
アカファ王の懐刀

マルジ
跡追い狩人の頭

サエ
マルジの娘。跡追い狩人の中でも
素晴らしい腕を持つ

スオッル
〈谺主《こだまぬし》〉。ワタリガラスに魂を乗せて飛ぶ
〈ヨミダの森〉に住む老人

那多瑠《ナタル》
東平瑠帝国の皇帝。皇妃の命を救った
リムエッルに信頼をよせる

王幡《オウハン》侯
東平瑠帝国アカファ領主。
ホッサルの治療で命を救われたことがある

迂多瑠《ウタル》
王幡侯の長男。傲慢《ごうまん》で強引な男

与多瑠《ヨタル》
王幡侯の次男。理知的な性格

呂那《ろな》
王幡領の祭司医長

ケノイ
〈火馬の民〉のかつての族長。
いまは〈犬の王〉と名乗っている

オーファン
ケノイの息子でいまの〈火馬の民〉の族長

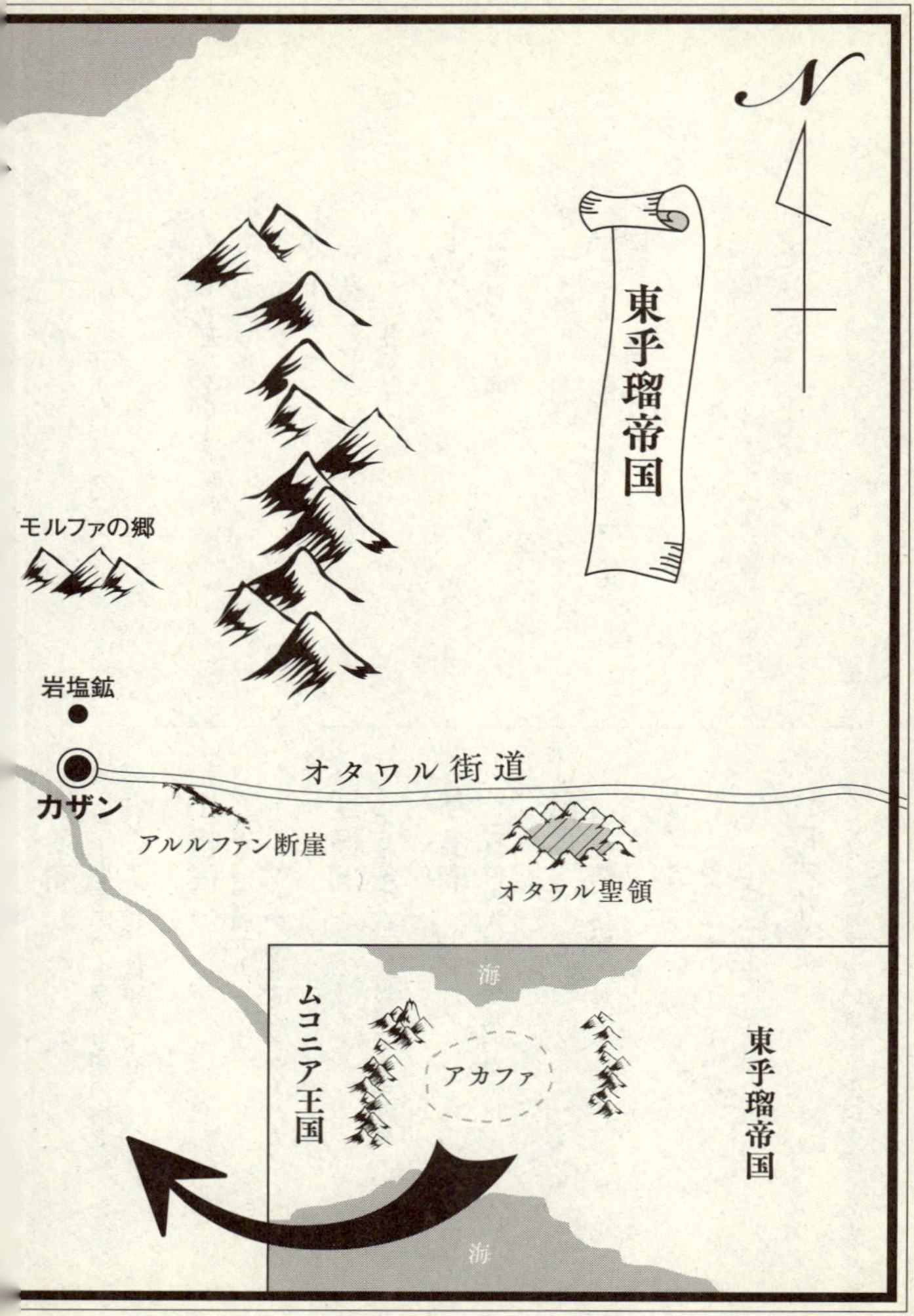
N
東手瑠帝国
モルファの郷
岩塩鉱
カザン
オタワル街道
アルルファン断崖
オタワル聖領
海
ムコニア王国
アカファ
東手瑠帝国
海

ムコニア王国
海
オトガヤの峰
オキ
ヨミダの森
トガ山地
ユライカの原
アカファ
(旧アカファ王国領)
大河マハール
沼沢地
オウタイ
旧・火馬の街(ユッカルム)
ユカタ平原
ユカタ山地

地図デザイン／大原由衣

第七章　〈犬の王〉

一　抱く女

瞼《まぶた》を透《す》かして、ぼんやりと明るみが感じられる。

唸《うな》りながら、目脂《めやに》で貼《は》りついた瞼をこじあけると、パチパチと火の粉を上げながら燃えている焚火《たきび》が見えた。

ヴァンは大きく息を吸った。身体《からだ》がひどく怠《だる》い。

「……大丈夫《だいじょうぶ》ですか」

焚火の向こうから声が聞こえた。倒木《とうぼく》の上に女人《にょにん》が座って、こちらを見ている。

しばらく、その人の顔を見つめているうちに、サエ、という名が頭に浮《う》かんできた。口を開こうとしたが、うまく声がでなかった。

サエが立ち上がり、そばの木に手を伸《の》ばして何かをとった。

焚火を回って近づいてきて、傍《かたわ》らに膝《ひざ》をつくと、そっと手をうなじの下に入れて抱《かか》え起こし、唇《くちびる》にひんやりと冷たいものを当ててくれた。

雪だった。葉に降り積もった、清らかな雪だ。舌をだしてそれを口に含《ふく》むと、熱で腫《は》れた口の中で心地《ここち》よく溶《と》けていき、息が楽になった。

「……ありが、とう」

つぶやくと、サエはうなずき、そのまま自分の身体で半ば抱えるようにして、焚火に当たらせてくれた。細身の女なのに、そういう姿勢をしても無理を感じさせない。よく知りもせぬ女に抱かれていることに気恥《きは》ずかしさを覚えたが、そうしてもらうと暖かく、冷えて強張《こわば》っていた身体が、少し楽になったような気がした。

頭の芯《しん》が痺《しび》れていて、すべての物事が、奇妙《きみよう》に遠く感じられる。

火の粉を上げて燃えている焚火を見ながら、ヴァンはぼんやりと、これは親父《おやじ》の焚火だな、と思った。親父は、火を焚《た》きつけるのが巧《うま》かった。深い雪の上で、火床《ひどこ》がないときでも、見事に焚火を燃やしつけたものだ。

雪の上で焚火をするのは難しい。火を点《つ》けることができても、雪が解けて薪《まき》が濡《ぬ》れてくると消えてしまうからだ。

――こういうときはな、まず、樺《かば》の木を切り倒《たお》せ

親父は、そう言いながら、実際、何度もやって見せてくれた。

樺の木を切り倒し、葉が密集しているところに鉈《なた》で切れ目を入れて、そこに脂《あぶら》分の多い樺の皮を丹念《たんねん》に挿《さ》して燃やすのだ。そうすれば丸ごとの木が巧《うま》い具合に火床になってくれる。

言うは易《やす》し、行うは難《かた》しで、この親父の焚火は、教えてもらっても、そうそう簡単に真似《まね》できるものではなかった。

それを、この人は見事にやってのけている。

そんなことを思ううちに、ゆっくりと頭の中の痺れがとれてきて、闇《やみ》の底に散らばっていた断片《だんぺん》が集まって来るように、これまでの記憶《きおく》が戻《もど》ってきた。

自分が何をしていたのかが、ふっと頭に浮かび、とたん、針が突《つ》き刺《さ》さったような痛みが胸に走った。

「……ユナ」

つぶやいて、ヴァンは身体に力を入れた。

「おれは、どのくらい気を失っていた？」

「それほど長い時間じゃありません。まだ、夜の半ばです」

頭の後ろでサエが静かに答えてくれた。

「このくらいで目が覚めるようなら、矢が掠《かす》った肩《かた》の方も、痺れは強くないでしょう」

そう言われて、左の手を握《にぎ》ってみたが、確かに、痺れは薄《うす》れはじめていた。だが、まだ、綿を握っているような頼《たよ》りなさが残っている。

拳《こぶし》を握っては開き、握っては開きながら、ヴァンは心の底で、かすかな違和感《いわかん》を覚えはじめていた。

（……この人は）

いったい、誰《だれ》なのか。

崖《がけ》の中腹に立っていた姿が目に浮かんだ。

湯場で会ったときには、ごく普通《ふつう》の遊牧民の女に見えたが、あの状況《じようきよう》でホクソウの木に火矢を射かけるような判断を、遊牧民の女がするとは思えない。

それに、いまの言葉――この女は矢毒にも詳《くわ》しい。

じわじわと疑念が滲《にじ》みだしてきて、胸を炙《あぶ》った。

サエの両手は腋《わき》の下から差し入れられて、腹の辺りを支えている。気づかれぬよう手を持ち上げて、その手を握ろうとした刹那《せつな》、サエの手がするりと腋の下から後頭部へまわされ、あっという間に羽交《はが》い締《じ》めにされてしまった。

女の力など何ほどでもなさそうだが、見事に関節を極《き》められていた。

「動かないでください。私は指輪に毒針を仕込《しこ》んでいます」

うなじに硬《かた》い物が触《さわ》っている。それが指輪なのだろう。力をこめれば、羽交い締めは外せるだろうが、毒針で刺される危険は冒《おか》せなかった。

「おまえは、誰だ。なぜ、こんなことをする」

喉《のど》が圧迫《あつぱく》されていて、声を出しにくい。くいしばった歯の間から言葉を吐《は》きだすと、サエは低い声で答えた。

「私は、モルファです」

「モルファ……」

聞いたことがあった。随分《ずいぶん》前に耳にした名だ。記憶の底から、その名に纏《まつ》わる知識を引き上げて、ヴァンはつぶやいた。

「──アカファ王の、網《あみ》？」

背後で、小さなため息が聞こえた。

「そうです」

ヴァンは顔をしかめた。さっぱり事情が見えなかったからだ。

「アカファ王の密偵《みってい》が、なぜ、おれを……」

耳元に息がかかる。息の音しかしなかった。

答えぬつもりか、と思ったとき、低い声が聞こえた。

「岩塩鉱から、ひとり生き延びて逃《に》げた奴隷《どれい》を追え、と、命じられたのです」

まさか、という思いと、やはり、という思いとが綯《な》い交ぜになってこみあげてきて、ヴァンは歯をくいしばった。たかだか逃亡《とうぼう》奴隷ひとりを、これほど長い間捜《さが》し続けていたとは……。

それに、追って来たのが東乎瑠《ツオル》の手の者ではなく、モルファだということが、どうも腑《ふ》に落ちなかった。

「なぜ、アカファ王が、おれを追う。東乎瑠に、へつらうためか」

「いいえ」

サエが、ささやくように答えた。

「……もっと、複雑な事情があるのです」

そう言ったきり、なぜか、サエはまた、黙《だま》り込んでしまった。

その静けさの中で、ふと、もうひとつ疑問が頭に浮かび、ヴァンは眉《まゆ》をひそめた。

「……おれを捕《つか》まえたかったのなら」

ヴァンはつぶやいた。

「なぜ、矢毒にやられて倒れている間に縛《しば》らなかった」

サエが、身じろぎをした。

そして、いきなり腕《うで》をほどくと、ヴァンから身を離《はな》した。

温かい女の身体が離れたとたん、冷気が湿《しめ》った背とうなじを撫《な》でていき、ヴァンはぶるっと身震《みぶる》いした。

サエは手の届かぬ位置に立って、ヴァンを見下ろしている。

焚火の明かりに照らされたその顔には、はっとするほど深い、苦悩《くのう》の色が浮かんでいた。

わずかな間、サエは何か言いたげな顔でヴァンを見つめていたが、すぐに、すっと目を逸《そ》らすと、暗い木立の奥へ歩み去ってしまった。

薄く雪の積もった下生えを踏《ふ》んで行く音が消えると、あたりは深い静けさに覆《おお》われた。

ヴァンは、ぼんやりと、闇に沈《しず》む木立を見ていた。

何か、途轍《とてつ》もない失敗をしてしまったような喪失感《そうしつかん》があった。

声を上げて、あの女を呼び戻したい衝動《しょうどう》に駆《か》られたが、すんでのところで拳を握りしめて、その訳の分からぬ衝動を抑《おさ》え込んだ。

追手を呼び戻して、どうする。

仲間を呼びにいったのかもしれない。いますぐ、ここから逃げるべきだ——そんな思いが、次々に頭をかすめていくが、身体《からだ》は動かなかった。

捕《と》らえるつもりなら、その機会はいくらでもあった。この状態で放《ほう》って立ち去った、ということは、逃げろと言っているのと同じことだ。

(おれが、逃げられないと思っているのか)

そうかもしれない。彼女は、自分がユナを捜していることを知っている。

優《すぐ》れた跡《あと》追いの技《わざ》で知られるモルファの女だ。いま、ここに放置しても、跡を追うことは容易《たやす》いと思っているのかもしれない。

(それでも……)

疑念は残る。——彼女が何をしたいのか、わからなかった。

混乱した問いが、いくつも、いくつも、泡《あわ》のように浮《う》かんでくる。

アカファ王は、東乎瑠帝国《ていこく》の王幡侯《オウハンこう》の管理下にある。アカファ岩塩鉱も、もはや彼の財産ではないし、彼が岩塩鉱から逃亡《とうぼう》した奴隷を追う理由などないはずだ。

東乎瑠軍の武将たちを殺した独角《どっかく》の頭《かしら》であり、岩塩鉱から脱走《だっそう》した自分を捕らえて東乎瑠に差し出すことで、アカファには造反の意志がないことを示そうとしている、というのが最もわかりやすい理由だが、それにも違和感があった。これほど長い間、モルファに追わせるほどの価値が、自分にあるとは思えないのだ。

サエの苦しげな声が、耳の底で蘇《よみがえ》った。

――……もっと、複雑な事情があるのです
ヴァンは顔をしかめた。

何かを心に抱《かか》えながら、それを口に出来ずにいた女の目が、いまも自分を見つめているような気がした。

(なぜ、おれを助けた)

二年もの間、ずっと追っていたのだとすれば、その労苦は大変なものだったはずだ。追い求めた獲物《えもの》が、目の前で無抵抗《ていこう》に横たわっていたというのに、あの女はなぜ、倒木《とうぼく》などに座って、目を覚ますまで、じっと見つめていたりしたのだろう。

雪を口に含《ふく》ませてくれた指、抱えてくれた仕草、あのまなざし……そのどれもが、女が口にした言葉とは、そぐわなかった。

ヴァンは掌《てのひら》で顔を覆った。

まだ見えていない何かが、自分を取り巻いている。幾重《いくえ》にも巻かれた糸に搦《から》めとられ、あちらこちらから引っ張られている。しかし、引っ張っている糸の持ち主の顔が、見えない。

（……ユナ）

ユナはいま、どこにいるのか。どこで、この寒い夜を過ごしているのか。怖《こわ》がって泣いているのではなかろうか、と思うと、居ても立ってもいられぬ心地《ここち》になった。

純朴《じゅんぼく》そうなふりをして巧《たく》みにユナを攫《さら》って行ったナッカに、燃えるような憎悪《ぞうお》を感じた。

（なぜ、あの子を攫って行ったのだろう）

ユナを攫えるように、自分を別の場所に引き留めた半仔《ロチャイ》たちの姿が脳裏《のうり》に浮かんだとき、ヴァンは、はっと、掌を顔から下ろした。

（半仔……）

ふいに、稲妻《いなずま》に照らされたような気がした。

アカファ岩塩鉱、生き残った自分とユナ、ユナを攫って行ったナッカ――すべて、あの半仔に関《かか》わっている。

誰《だれ》が、何のために、自分たちを翻弄《ほんろう》しているのかはわからない。しかし、目的は、多分、自分たちの抹殺《まっさつ》ではない。殺したいのであれば、その機会はいくらでもあった。

（むしろ……）

ふいに浮かび上がってきた答えに、ヴァンは、愕然《がくぜん》とした。

（おれたちの価値は、あの地獄《じごく》で死なずに、生き延びたことにあるの、か）

闇《やみ》に沈む森の、遠い何処《どこ》かで、細く短く、鳥が鳴いた。

二　ユナを追って

枝はまだ黒い影《かげ》のようだが、その狭間《はざま》から見える空が白んできた。

夜が明けたのだ。

ヴァンはため息をついて、顔を撫でた。髭《ひげ》が掌に当たる。

浅い眠《ねむ》りと覚醒《かくせい》を繰《く》り返していたので頭は重かったが、身体の痺《しび》れは、もうほとんど感じない。

(……そろそろ、行くか)

ユナを抱《だ》いたナッカの足跡《あしあと》を、見つけられるだろうか。雪は夜半までに止《や》んでいたようだが、それでも足跡はもう雪の下に埋《う》もれてしまっているだろう。

どうやって跡を追うか考えながら立ち上がって、葉に積もっている雪を口に含んだとき、ふっとサエの指の匂《にお》いを思い出した。

あの人は、どこで残りの夜を過ごしたのだろうか。

サエが歩いて行った跡は新しく、くっきりと見てとれる。

(……追ってみるか)

彼女がユナを攫った者たちと組んでいるなら、この足跡は、罠《わな》へと導いていく誘《さそ》いの道標《みちしるべ》なのだろうが、他《ほか》にユナを見つける手掛《てが》かりはない。

ヴァンは焚火《たきび》の向こうへまわり、鉈《なた》を拾い上げた。

敢《あ》えて罠の中へ入って行くことに不安はあったが、ためらいはなかった。

おちゃん、と、呼んでいる、ユナの声が聞こえるような気がした。

鉈の柄《え》を握《にぎ》り、狩人《かりゅうど》の目で下生えを見つめ、ヴァンは、ゆっくりと痕跡《こんせき》を追いはじめた。


追いはじめてすぐ、ヴァンは、サエが、わざと足跡をはっきりと残していることに気がついた。まるで、これは罠ですよ、と告げているような跡を、あちこちにつけている。

ヴァンが、その不自然さに気づくことをわかっていて、サエは、こういうことをしたのだろう。

罠とわかっていて、それでもユナの跡を追いますか？　と、問われている気がした。

(おれの覚悟《かくご》を試《ため》しているのか)

なぜ、あの女は、そんなことをする……。

(それとも、ただ、導いているだけなのか)

サエの足跡のそばには必ず、ナッカのものらしき男の雪靴《ゆきぐつ》の跡があった。

やはり、サエはナッカの跡を追っているのだ。だとすれば、サエはモルファの目でナッカが歩いた痕跡を見つけだし、後から来るヴァンのために目につく足跡を残しているのかもしれない。

自分が、心のどこかで、サエの優《やさ》しさを信じたいと思っていることに気づいて、ヴァンは、表情をひきしめた。――甘っちょろい期待で目を鈍《にぶ》らせてしまえば、罠に足をすくわれるだけだ。

サエは自分を導いている。ユナが連れて行かれた場所へと導いている。それは間違《まちが》いないが、その真意はわからないのだ。

ナッカの足跡も、隠《かく》そうという努力の跡がみられない。むしろ、追って来ることを望んでいるように、降ってくる新雪におおわれぬ木の下などに、くっきりと足跡を残している。

弱い矢毒で眠らせ、途中《とちゅう》で追いつかれないように距離《きょり》を充分《じゅうぶん》に稼《かせ》いでおきながら、一方で、ちゃんと跡を追えるようにしている。

(なんのために)

彼らはこんなことをしているのだろう。こんな手の込んだことをせねばならぬ、どんな理由があるというのか……。

二日間、ヴァンはひたすらに足跡を追ったが、三日目には追跡《ついせき》を一時中断して狩《か》りをし、腹いっぱい肉を食った。肉を食えば身体《からだ》が温まる。四日目の夜明け、新たな気力がみなぎってくるのを感じながら、焚火を消して、立ち上がり、また、足跡を追いはじめた。

日が昇《のぼ》るにつれて、木立の間に清廉《せいれん》な光が広がっていく。

鳥が鳴き交《か》わしながら枝を跳《は》ね渡《わた》るたびに、小さな雪の滴《しずく》が降ってくる。熊笹《くまざさ》に薄《うっす》らと積もった雪をはじきながら、狐《きつね》が下生えを潜《くぐ》り抜《ぬ》けていく。

森が明るい朝の色に満たされた頃《ころ》、ふいに、サエの足跡が、ナッカの足跡から離《はな》れた。その訳は、すぐにわかった。煙《けむり》の匂いがしたからだ。

顔を上げて目を凝《こ》らすと、木々の向こうに何かが見えた。

（天幕？）

木や下生えの色に巧みに紛《まぎ》れるような色合いをしているから見定め難《にく》いが、間違いない。あの木々の向こうには天幕がある。それも、ひとつ、ふたつではなかった。目が慣れてくると、いくつもの天幕が張られているのが見えてきた。

ヴァンは顔をひきしめた。

あそこが終着点だろう。自分をあそこにおびき寄せるために、ナッカはユナを攫《さら》って行ったのだ。

犬の匂いがする。吠《ほ》える声も聞こえる。煙の匂いと、多くの人々が朝の仕事にいそしんでいる気配も漂《ただよ》ってくる。

気づかれずに近づくのは無理だった。犬がいなければなんとかなるだろうが、猟犬《りょうけん》がいるとなると、夜まで待っても、近づけば必ず気づかれる。

味方もいない。策を巡《めぐ》らす暇《ひま》もない。

（……できることは、ひとつだけか）

静かに息をつき、ヴァンは天幕に向かって歩きはじめた。

進みはじめてほどなく、密《ひそ》やかな気配が四方から迫《せま》ってきた。天幕の方からではない。森の奥からやってくる。

鼻腔《びこう》に、むっと獣《けもの》の匂いが広がった。

その匂いを嗅《か》いだ瞬間《しゅんかん》、鼻の奥で、馴染《なじみ》の感覚が、ぽつん、と生じた。

（来たか）

半仔《ロチャイ》だ。あの獣がまた、やってくる。

そして、あの獣に反応して、自分の身体もまた、獣に変わろうとしている……。

つかのま躊躇《ためら》ったが、すぐに心を決めて、ヴァンは波のように満ちてくるきな臭《くさ》い感覚に身を任せた。言葉を捨て、人の心を捨てる代わりに、獣の目と鼻と耳と、考えずに動く身体を得る。

鼻から頭へ何かが広がり、いきなり風景が変わった。

ヴァンは目を見開き、唇《くちびる》を持ち上げ、低く唸《うな》った。

半仔たちが止まった。

命じられて止まったのではない。――びくっと、足を止めたのだ。尾《お》が低く垂れ、股《また》の間に入っていく。

ヴァンが近づくと、半仔たちは、じりじりと後退した。

色彩《しきさい》が消え、物の輪郭《りんかく》が濃淡《のうたん》で浮《う》かび上がる灰色の世界で、音と匂いが、異様な存在感をもって迫ってくる。

そして、もうひとつ。目に見えぬ脈打つ糸のようなものが天にも地にも無数にひろがり、すべてが繫《つな》がっている感覚があった。

ヴァンが歩くと、その目に見えぬ糸で織られた網《あみ》がぐっとたわみ、それに押されて、半仔たちが下がっていく。

ふと、その網に、いくつもの小波《さざなみ》が生まれ、ヴァンは鼻面《はなづら》をあげた。

人の匂いだ。

男たちの匂いがする。鼻をつく馬の匂いもするが、馬の気配はなかった。天幕の方から、男たちが歩いてくる。金臭《かなくさ》い匂いがした。手に持っている槍《やり》の穂先《ほさき》の、嫌《いや》な匂《にお》いだ。

「…………」

声が聞こえる。なにか、言っている。

ヴァンはじっと、近づいて来る男らを見つめ、その言葉に耳を澄《す》ませた。

「……け、角のヴァン」

その名が耳に入ったとたん、獣の感覚が薄《うす》れはじめた。匂いと音が薄れていき、代わりに、世界に色が戻《もど》ってきた。

鮮《あざ》やかな赤い肩《かた》布を斜《なな》めに巻き、手に槍を持った男たちが大股《おおまた》で歩いてくる。

槍は届くが鉈は届かぬ間合いで男らは立ち止まり、こちらを見つめた。屈強《くっきょう》な戦士がもつ冷ややかな威圧感《いあっかん》が、彼らの全身から発せられている。

しかし、不思議なほど、恐《おそ》れは感じなかった。

(……嚙《か》みたい)

唐突《とうとつ》に、そう思った。

鼻の奥から脳天へ、きな臭い刺激臭《しげきしゅう》が突《つ》きあげてくる。

赤い靄《もや》の向こうを見ているような幻《まぼろし》が脳裏《のうり》にひらめいては、消える。くらくらするようなその凶悪《きょうあく》な衝動《しょうどう》に負けまいと、ヴァンは必死に歯を食いしばった。

(……おれは、おかしくなっている)

自分がふたりいるような、違和感《いわかん》があった。

彼らを噛みたくてたまらぬ自分と、そんな衝動に駆《か》られている自分を、奇異《きい》に思っている自分とが、激しくせめぎあっている。

こめかみが脈打っている。耳の奥で血が流れる音がする。

深く息を吸って、ヴァンは目をつむり、全身をゆさぶる衝動が退《ひ》いていくのを待った。

身の内に膨《ふく》らんでくる凶暴《きょうぼう》な力を懸命《けんめい》にねじ伏《ふ》せようと力をこめると、肩や腕《うで》、脇腹《わきばら》が、勝手に、ぴくっ、ぴくっと動いた。

遠い谺《こだま》のように、もやの底から小さな声が聞こえている。

（……噛むな、噛むな、噛むな……噛めば、彼らを殺すことになる）

頭《こうべ》を垂れ、そのかすかな声に心を集中させた。

その声は杖《つえ》だった。暴風のように己《おのれ》の身を揺《ゆ》らす衝動をやり過ごすためにすがりつける、ただひとつの杖。――殺してはならない。ひとたび殺しはじめれば、歯止めが利《き》かなくなる。すべての者を殺し尽《つ》くしてしまう。

「……欠《か》け角《つの》のヴァン」

呼びかける声に、ヴァンはゆっくりと目を開けた。

ゆらぐ視界の中で、やがて、目の前に立つ男らの姿が、再びはっきりと見えはじめた。

と、呪縛《じゅばく》を解かれたかのように、半仔たちがぶるっと身震《みぶる》いし、身を翻《ひるがえ》して、森の中へと駆け去って行った。

それを見送る戦士たちの目には、なぜか、安堵《あんど》と歓喜《かんき》の色が浮かんでいた。

戦士たちの中央に立っている、白髪《しらが》を鬣《たてがみ》のように背になびかせた男が一歩前に出て、掠《かす》れ声で言った。

「〈独角《どっかく》〉の頭《かしら》よ。そなたを待っていた」

三　オーファン

連れて行かれたのは、他の倍ほどの大きさがある天幕だった。

鉈《なた》をとられ、丸腰《まるごし》にされて、ヴァンはその天幕の中へ導きいれられた。扱《あつか》いは乱暴ではなかったが、丁寧《ていねい》でもなかった。

中央に炉《ろ》があり、正面には大きな旗が吊《つ》り下げられている。炎《ほのお》のように赤い馬が、いまにも駆けだそうとするかのように後足で立ち上がっている姿を刺繍《ししゅう》した旗だった。

炉の周りには、低い腰掛《こしか》けが三つ置いてあった。

白髪の老戦士が炉の向こう側に回り、旗を背にして座ると、その両脇《りょうわき》の腰掛けに、壮年《そうねん》の男と若い男が腰を下ろした。息子《むすこ》と孫、あるいは甥《おい》とその息子か、いずれにせよ、老戦士の親族なのだろう。面立《おもだ》ちがよく似ている。

他の戦士たちは槍を天幕の外の槍架《やりか》けに置き、短剣《たんけん》の柄《つか》に手を置いて入ってきて、ヴァンの背後に並んで立っていた。

老戦士がヴァンを見上げて、座るよう促《うなが》したが、ヴァンは動かず、立ったまま彼を見下ろしていた。

背後にいた戦士が苛立《いらだ》ったように近寄ってきて、ヴァンの肩に手を置き、引き据《す》えようとした、その瞬間《しゅんかん》、ヴァンは身体《からだ》を沈《しず》めた。

不意をつかれて体勢を崩《くず》した男の腕をとるや、一気に引き落として、その腕を逆手にとったまま、男のうなじを踏《ふ》みつけた。

「……動くな」

背後の戦士たちが短剣に手をかけるのを、ヴァンは制した。

「動けば、こいつの首を踏み折る」

男たちは動きを止めたが、正面に座っている白髪の老戦士は、顔色も変えずにヴァンを見つめていた。

わずかに、その口の端《はし》が持ち上がった。

「殺せばいい」

老戦士が言った。

「不覚をとった者は、死んで当然。ここにいる者は、誰《だれ》も人質《ひとじち》になどならぬ」

その目に浮かんでいる冷ややかな色をみたとたん、毛虫が肌《はだ》を這《は》うようなむかつきが胸に広がった。

ヴァンは、摑《つか》んでいる男の腕をぐいっと捻《ひね》って脱臼《だっきゅう》させた。

男が白目をむいて、苦痛に吠《ほ》えた。

その声が消えぬ間にヴァンは炉を飛び越《こ》え、はっと目を見開いた老戦士の顔を片手でつかむや、利き手をとってねじ伏せた。

敷布《しきふ》の上にその顔を押しつけ、膝《ひざ》で背の急所を押さえて、ヴァンは他の男らを見回した。

「……誰も人質にはならぬというのは、本当か」

男らは無表情を装《よそお》っていたが、その目には隠《かく》しきれぬ動揺《どうよう》の色があった。

ちらっと、男らの視線がひとつの方向に動きかけて、止まった。その不自然な動きを目の端《はし》で感じとり、ヴァンは、かすかに眉根《まゆね》を寄せた。

ねじ伏せている手の下で、老戦士がよだれを垂らしながら、殺せ、と、掠れた声で叫《さけ》んでいる。それを聞きながら、ヴァンはじっと、男らを見つめた。

「欠《か》け角《つの》、と、おれを呼んだが」

ヴァンは言った。

「そこまで知っているのなら、おれのもうひとつの通り名も知っているだろう」

息子らしき男が、ぴくっと片頬《ほお》をゆがめた。その男に視線を移し、ヴァンは言葉を継《つ》いだ。

「おれは兵の命を我が物のように扱う奴《やつ》が、反吐《へど》がでるほど嫌《きら》いだ。殺すなら、まず将から殺す」

かすかに息を吸い、男は口を開いた。

「……父を殺しても、なんの要求も通らぬぞ。そなたの養い子の命が消えるだけだ」

ヴァンは唇《くちびる》の端をゆがめた。

「あの子を殺せば、そちらも、おれを従わせる手綱《たづな》を失う。なんのためかは知らぬが、わざわざ、これほど手の込《こ》んだことをしておいて、それでいいのか？　ならば、こちらも腹を決めるぞ」

笑《え》みを消し、ヴァンは言った。

「この世で再び、あの子を腕に抱《だ》けぬなら、その鬱憤《うっぷん》を晴らして死ぬまでだ。……どうせ、拾った命。おまえらを殺して、先にあの世に行った仲間への土産話《みやげばなし》にしてやろうさ」

言った瞬間、それも良い、という殺伐《さつばつ》とした気分が胸に広がった。

老戦士の息子の眉間《みけん》が、すうっと白くなった。

と、右側から、か細い声が聞こえてきた。

「……待ってください」

そちらに顔を向けると、老戦士によく似た面立ちの若者が、両手を広げて腰掛けから立ち上がるのが見えた。

「オソン、座っておれ！」

老戦士の息子が、苛立たしげに怒鳴《どな》ったが、オソンと呼ばれた若者は父を見ず、ヴァンを見つめたまま、立っていた。

「若輩《じゃくはい》の私が、このようなことをすれば、私は首を打ち落とされるでしょうが……」

蒼白《そうはく》で、声はふるえているが、若者は話しつづけた。

「たとえ、手討《てう》ちにされようと、私はあなたに申し上げます。何より大切なのは大義。その大義のためには、私の命など無に等しい。——無礼についてはお詫《わ》びしますので、お怒《いか》りを収め、我らの話を聞いてください」

ヴァンは若者を見つめた。

「おれが怒《おこ》っているのは、無礼な扱いのせいじゃない」

静かな声で言うと、虚《きょ》を衝《つ》かれたように、若者が目を見開いた。

まだ幼さの残る、その顔を見ながら、ヴァンは言った。

「おまえたちは、おれに用があるんだろう。そのために、おれの子を攫《さら》ったんだろう」

若者は、瞬《まばた》きした。

「……そう、です」

ヴァンは平坦《へいたん》な声で言った。

「大義のためだかなんだか知らんが、自分の命なら勝手に捨てろ。だが、おれの命はおれのもの。あの子の命も、あの子のものだ。おまえらに生き死にを決められる筋合いはない。

おれはな、なんの関係もない幼子の命を使い捨ててかまわないと思う、おまえや、いま、おれの手の下で涎《よだれ》を垂らしているこの爺《じじい》に怒っているんだよ。そんな当然のことすらわからん、おまえらに、な」

静まり返った天幕の中で、老戦士の息の音だけが耳障《みみざわ》りに響《ひび》いている。

ヴァンはつっと目を上げ、天幕の片隅《かたすみ》にひっそりと立っている戦士を睨《にら》みつけた。

「用があるなら、出向いて来い。対面して名乗り、話せばいい。そんな当たり前のことが、なぜ、出来ない」

戦士が、驚《おどろ》いたように目を見開いた。

彼は、しばらく、じっとヴァンを見つめ返していたが、やがて、口を開いた。

「なぜ、おれに言う」

ヴァンはその問いを無視し、老戦士の頭を持ち上げると、絨毯《じゅうたん》に叩《たた》きつけた。ゴッッと鈍《にぶ》い音が響き、老戦士がうめいた。

ヴァンは老戦士の身体から手を放し、両手を叩きながら立ち上がって、伸《の》びをした。

そして、天幕の片隅にいる戦士に向き直り、静かな口調で言った。

「尋《たず》ねたのは、おれが先だ」

戦士の顔に、ゆっくりと微笑《びしょう》が広がった。

それまでの一兵士然とした控《ひか》えめな表情はあっけなく消え、代わりに、傲慢《ごうまん》で強《したた》かな男の顔が現れた。

「……なるほど、〈独角《どつかく》〉の頭《かしら》は、やわじゃないな」

男らを見まわして、彼は苦笑を浮《う》かべた。

「こいつら、おまえが何かするたびに、おれの顔色をうかがってたからな。……ま、仕方がない。こうなった以上、まどろっこしいことは止《や》めにして、仕切り直しをするか」

頭をふり、コキ、コキと首の筋を鳴らしながら、男は一歩前に出て、ヴァンに向き合った。

そして、鈍い光をたたえた目でヴァンを見据《みす》えた。

「おれは、〈火馬の民《アファル・オマ》〉の族長、オーファンだ」
二十七、八ぐらいだろうか。がっしりとした体躯《たいく》の男で、ぐりっと大きな眼《め》をしている。
ヴァンは黙《だま》って、オーファンと名乗った男を見つめていた。

オーファンは、それを気にする風もなく、言葉を継《つ》いだ。

「幼子を攫うってのは卑怯《ひきよう》なやり方だし、おまえが怒るのも当然だ。だが、理由があってしたことだ。おまえという男の見定めがつけば、こんな手の込んだことはしなかったのだがな」

ヴァンは目を細めた。

「……見定め？」

その声に滲《にじ》んだ怒気《どき》に気づき、オーファンは、すっと手をあげた。

「無礼な言い方だったな。それは詫びよう。だが、見定めようとしていたというのは事実だ。なにしろ、おまえは、東平瑠《ツオール》の移住民なんぞと一緒《いっしょ》に暮らしていたそうだからな」

オーファンは続けて何か言いかけ、思い直したように、腰《こし》を掛《か》けるよう促《うなが》した。

「長い話だ。腰を下ろさんか。おれも座る」

オソンと呼ばれた若者が、弾《はじ》かれたように前に出て、自分の腰掛けをヴァンに譲《ゆず》り、白髪《しらが》の戦士の息子《むすこ》も、自分の腰掛けをオーファンに譲った。

椅子《いす》にどっかりと腰を下ろしながら、オーファンは、老戦士の息子に声をかけた。

「ご苦労だったな。親父《おやじ》さんと、ウーファの世話をしてやってくれ」

己《おのれ》の失態を恥《は》じているのだろう、老戦士の息子はうつむき加減でうなずき、小声でオソンに何か囁《ささや》きながら、額を押さえている老戦士を抱き起こし、隅《すみ》に連れて行って寝《ね》かせた。

ヴァンに肩《かた》を外された男は、仲間に抱《かか》えられて天幕の外に出て行った。

天幕の中が落ち着きをとりもどすと、オーファンは背後にいる戦士をふり返り、杯《さかずき》を酌《く》み交《か》わす仕草をした。戦士がさっと動いて、天幕の隅から酒壺《さかつぼ》と杯をふたつもってきた。

オーファンは杯をひとつヴァンに渡《わた》し、自分の杯とヴァンの杯に酒を注《つ》がせた。

「仕切り直しの酒だ。まあ、飲め」

そう言うと、ぐっと一気にあおった。

ヴァンも杯を口に当てた。馬乳酒なのだろう。白く濁《にご》った酒は、わずかに舌を刺《さ》しながら喉《のど》を通っていった。

オーファンはすぐに二杯《はい》目を注がせると、別の戦士に顔を向けて、

「おい、何か食い物を持ってこい」

と、言った。戸口に近い所にいた戦士が一礼し、さっと外へ出て行った。

それを見届けて、ようやくオーファンはヴァンに向き直った。

「さて、何から話すかな」

独り言のように言って、オーファンは口を閉じた。

何を考えているのか、長いこと何も言わずにただヴァンの顔をながめていたが、やがて、ふと、口の端《はし》を歪《ゆが》めた。

「〈欠け角のヴァン〉、か。神出鬼没《しんしゅつきぼつ》の飛鹿《ピュイカ》乗り、東乎瑠《じ》の鬼畜《きちく》どもを散々悩《なや》ませた男……。どんな男だろうと思っていたが、なるほど、地獄《じごく》を見て来た男ってのは、こういう顔になるんだな」

笑みを深め、オーファンは言った。
「人質《ひとじち》をとられて、孤立無援《こりつむえん》の状態にあるのに、おれを交渉《こうしょう》の場に引きずり出しや
がった」
オーファンは、すっと笑みを消した。
「だが、決定的な手札を持っているのは、おれだ」
その目には、冷ややかな光が浮かんでいた。白髪の老戦士の目とは、また違《ちが》う、底
冷たい表情だった。
「養い子を再び腕《うで》に抱《だ》けないなら、おれたちを殺して死ぬだけだ、と、うそぶいてい
たな。おれは、あれを、はったりだとは思ってはいないよ。
おまえの顔には虚無《きょむ》があるからな。……一歩下がれば、すとん、と闇《やみ》の底へ落ちて
行くような虚無だ。闇の底へ落ちて行くとき、おまえは声も上げないだろう。むしろ、
ほっとした顔をしそうだ」
口の端をちらっと持ち上げ、オーファンは囁いた。
「それでも、おまえは、あの子が可愛いんだろう。一息に殺されるならまだしも、耳
を削《そ》がれ、鼻を削がれ、腸《はらわた》を抜《ぬ》かれて、苦しみながら死ぬ娘《むすめ》を見ていられるか？」
ヴァンはオーファンを見つめた。その、わずかに笑みを浮かべている、冷静な目を。
「どんな人間なのだろうな」

ヴァンはつぶやいた。

「それほど残酷《ざんこく》なことをしようと思うのは」

オーファンは瞬《まばた》きし、わずかに目の縁《ふち》にしわを寄せた。

しばし黙っていたが、やがて、深々とため息をついて、言った。

「どれほど残虐《ざんぎゃく》なことをしてでも、成し遂《と》げたいと思うことが、おれにはあるんだよ」

鈍く光るその目を、ヴァンは無言で見つめていた。

と、ふいに、オーファンが杯を投げ捨てて立ち上がった。

「来い。おまえに見せたいものがある」

四　雪原の火馬《アファル》

白い光が、森の木々の針のような葉の隙間《すきま》で、ちらちらと踊《おど》っている。

天幕を出ると、オーファンは、雪掻《ゆきか》きが済んでいるところを選んで歩きはじめた。

朝仕事を始めていた人々が手を止めて、大股《おおまた》で歩いて行くオーファンと、その背後に続いて行く男らを見つめた。

その目に浮かんでいるのは、異邦人《いほうじん》を見る好奇《こうき》の色ではなかった。なにかを祈《いの》っているような、切実な光だった。無言の願いが、彼らの全身から滲みでて、まとわりついてくるようだった。

その異様な重さを、子どもらの無邪気《むじゃき》さが、わずかに救ってくれた。

彼らは、もの問いたげな目で親を見上げたり、つつきあったりしていて、時折、つつかれてよろけた子が、押し殺した笑い声をあげた。

そういう人々の動きとは無関係に、放し飼いになっている鶏《にわとり》がパタパタと走りまわり、雪の薄《うす》い地面を盛《さか》んにひっかいたり、突《つつ》いたりしている。

煮炊《にた》き物の良い匂《にお》いに、煙《けむり》のいがらっぽい匂いと、雪に湿《しめ》った泥《どろ》や、家畜《かちく》の匂いが交じり合って、漂《ただよ》ってくる。冬の集落の匂いだった。

ヴァンはふと、幼い頃《ころ》よく母に連れていかれた叔母《おば》の嫁《とつ》ぎ先の集落を思い出した。山奥の小さな集落で、春になっても雪が消え残り、こんな匂いがしていたものだ。

嗅《か》ぎ慣れぬ匂いに興奮した猟犬《りょうけん》たちが、牙《きば》を剝《む》き出して、しきりに唸《うな》っているが、跳《と》びかかってはこなかった。

（……よく仕込まれている）

毛並みと顔つき、耳の立て方、尾《お》の構え方、どこを見ても、狩人《かりゅうど》なら一目で心惹《こころひ》かれるような良い猟犬たちだった。

オーファンはすでに集落を抜けて、森の中へと入って行くところだった。

ヴァンは、ゆったりとその後を歩いた。大股に歩いて行くオーファンと、どんどん距離《きょり》が開き、背後を固めている戦士たちが苛立《いらだ》っているのはわかっていたが、ヴァンは歩調を速めなかった。――辺りの地形を知っておきたかったからだ。

針葉樹と広葉樹が入り交じる薄暗《うすぐら》い森に、ときおり、人の気配を感じた。遠く、犬の声も響《ひび》いてくる。狩《か》りをしている者がいるのだろう。

どことなく肌《はだ》に馴染《なじ》んでくる森だった。このまま歩いて行けば、故郷の家が見えてくるのではないかと思うような、懐《なつ》かしい感じがする。

森の間につづいている道は獣道《けものみち》のように細かったが、人が頻繁《ひんぱん》に通っているらしく、雪が踏《ふ》み固められている。

わずかに上り坂になっているな、と感じていた道が、やがて途切《とぎ》れ、いきなり、蒼《そう》天《てん》のもとに出た。

眼下に広がった光景に、ヴァンは目を奪《うば》われた。

広大な雪の野が広がっている。

その雪原を縁《ふち》どる山々を見たとたん、喉元《のどもと》に熱いものがこみあげてきた。——それは夢にまで見た故郷の山々だった。

(あれはウカラ岳《だけ》だ！　じゃあ、ここはユライカの原か……！)

こんなところにいたのか、という驚《おどろ》きが身をつつんだ。

一日もあれば故郷に行けるトガ山地の東端《とうたん》の草原を、いま、自分は見おろしているのだ。

(どうりで、さっきから懐かしい感じがしていたわけだ)

喉の辺りに熱いものが生まれ、それが鼻の奥へと広がった。

あの向こうに故郷がある。生まれ育った山河、父母や兄たち、多くの友と暮らした日々、妻と出会い、息子《むすこ》と暮らしたすべてが。

ふっと、小さな我が家の匂いをかいだような気がした。

ちろちろと燃える炉《ろ》の火が、炉辺《ろばた》でなにやら話している妻と息子の顔をやわらかく照らしていた、あの懐かしい部屋が目に浮《う》かび、押し寄せる波のように切なさが胸を圧して、つかのま、息が出来なくなった。

あの山の向こうに行っても、あの家は、もうない。――わかっていても、どうしようもなかった。胸を掻《か》き毟《むし》りたいほどに恋《こい》しかった。

ヴァンは大きく息を吸った。

夏は青々と草がなびくユライカの原も、いまは一面の雪原だ。

その野に、点々と、赤い獣の群れがいた。浅い雪を掻いて、下にある草を掘《ほ》り出しては食《は》んでいるようだった。

オーファンが岩の狭間《はざま》に姿を消した。崖下《がけした》に下りて行く道があるのだろう。ふり返ると、戦士たちが目顔で続くように促《うなが》した。

彼らの顔の明るさに、ヴァンは驚いた。

さっきまでの陰鬱《いんうつ》な苛立ちを秘《ひ》めた表情が拭《ぬぐ》われたように消えている。これから遠乗りに出かけようとしている少年たちのような、隠《かく》しきれぬ喜びが彼らの顔を輝《かがや》かせていた。

雪が所々残っている岩を踏みしめながら崖道をくだって雪原に下り立つと、オーファンがふり返った。彼の顔もまた、底抜《そこぬ》けに明るかった。

眉《まゆ》を上げ、ぱっと笑うと、雪原に視線を戻《もど》し、口元に手を当てて、ホウッ！　と大きな声をたてた。ホウッ！　ホウッ！　と、よく響く声で何度も呼びかける。

その声が遠く渡《わた》っていくと、遠くに散らばっていた赤い群れが動きだした。

真っ白な野に、火花が散ったようだった。

中の一頭が、群れを置き去りにして、ぐんぐん駆《か》けてくる。滑《なめ》らかに身をうねらせ、有り余る力を全身から発しながら。

鳥肌《とりはだ》がたった。

雪原の照り返しの眩《まぶ》しさに目が慣れて来ると、みるみる近づいて来るそれが、馬であることがわかった。わかったが、見ているものが信じられなかった。

(本当に馬……か)

普通《ふつう》の馬よりひとまわり小さい。だが、見事に四肢《しし》が引き締《し》まって、全身から力を放散している。

その毛並みの美しさは、譬《たと》えようがなかった。動くたびに、艶《つや》やかな赤い光が波のようにその背を撫《な》でて行く。

ヴァンは声もなく、雪原を駆けて来る美しい馬を見つめていた。

馬は真っ直《す》ぐにオーファンのもとに駆け寄ると、うれしくてたまらぬ子どものように、鼻面《はなづら》でオーファンの胸を突いた。

「おい、おい」

笑いながらオーファンは馬の首を抱《かか》え、鬣《たてがみ》に手を入れて、その逞《たくま》しい首を撫でた。

「美しいだろう」

ふり返ったオーファンに、ヴァンはうなずいた。

オーファンは笑った。

「美しいだけじゃないぞ。こいつは速い。な、火花《アッファ》、おまえは最高だよ。ああ、そうだ。おまえは、最高だ」

褒《ほ》められていることがわかっている目で、馬は鼻を膨《ふく》らませ、誇《ほこ》らしげにぐいっと首をあげている。

戦士たちが、それぞれが愛馬を呼び始め、いっとき話し声も聞こえないほどになったが、オーファンは叱《しか》るどころか、鷹揚《おうよう》に微笑《ほほえ》んでその声を聞いていた。

呼ばれた馬たちが、駆けてくる。

それを迎《むか》える戦士たちの横顔に、ふと、もう逝《い》ってしまった仲間たちの面影《おもかげ》が重なり、つきりと胸が痛んだ。みんな、こんな顔をしていたものだ。自分の飛鹿《ピュイカ》を迎えるときは……。

自分の声に応《こた》えて顔を上げ、群れから離《はな》れて、うれしそうに駆け寄って来てくれる飛鹿を見ているときの、あの、胸がふくらむような幸福感。陽《ひ》の光を浴びた鹿《しか》の、香《こう》ばしい匂い。自分を見つめているつぶらな黒い瞳《ひとみ》。

懐かしい仲間たちの笑い声が、いま、ここにいる若い戦士たちの声に重なって聞こえた。

寄って来た馬たちは、みな精悍《せいかん》な姿をしていた。

だが、どれも、オーファンの愛馬のような強い輝きはなかった。最高とオーファンが称《たた》えたのは、ただの愛馬自慢《じまん》ではなく、掛《か》け値《ね》のない真実だったのだ。

男らは、みな、やさしい声で愛馬に話しかけながら、その鼻面を撫で、足腰《あしこし》の具合を確かめている。傍《かたわ》らにヴァンがいることなど忘れ去って、馬に触《ふ》れ、馬のあれこれを話すことに熱中している。

このまま一歩、二歩と下がって崖路《がけみち》に消えても、誰《だれ》も気づかないのではないかと思うと、苦笑《くしょう》がこみあげてきた。

ちらっと目が合うと、オーファンが眉を上げ、恥《は》ずかしげに顔を歪《ゆが》めた。

「……飛鹿は」

照《て》れ隠しのようにかけてきたその声には、これまでの傲慢《ごうまん》さはなかった。

「馬より腰が狭《せま》いだろう」

「ああ」

「ずっと気になっていたんだが、あの体格で、あんたのような男を乗せて走って、いったいどのくらい駆けられるんだ？」

ヴァンは微笑んだ。

「飛鹿は頑健《がんけん》だ。おれを乗せて急峻《きゅうしゅん》な崖を難なく駆け上り、駆け下りる。一昼夜ぐらい駆け続けてもへたばりはしない。おれには、馬の方が華奢《きゃしゃ》に見える」

眉を上げ、オーファンは疑わしげな顔をした。

「それほど頑健なのか？　あの鹿が？」

「ああ。強いだけでなく、速い。平野では火馬に敵《かな》わないだろうが、山地なら飛鹿の方が遥《はる》かに速い」

オーファンは、にやっと笑った。

「火馬も崖くらい下れるぞ。さすがに、アルルファン断崖《だんがい》は無理だがな。飛鹿はどうだ？」

ヴァンは眉根《まゆね》を寄せた。

（アルルファン断崖？　アカファの東の、あれか）

確かに、あれはとてつもなく急峻な崖だったが、また、随分《ずいぶん》と遠いところを例に出すものだな、と思いながら、ヴァンは答えた。

「下りられる」

「ほんとうか？　やったことがあるのか？」

「ああ。むかしは、東乎瑠《ツオル》軍を撃破《げきは》できる効果的な場所を探して、あちこち遠征《えんせい》したものだ。あの崖も、飛鹿なら下れたよ。だが、馬では無理だろう。火馬でもな」

オーファンの顔から、ふいに笑《え》みが消えた。火馬が飛鹿に劣《おと》ると言われて腹を立てたのかと思ったが、そうではないようだった。

愛馬の首を撫でながら、オーファンはため息をついた。

「……飛鹿は山に、火馬は野に、か」

つぶやくように言ってから、オーファンはヴァンに視線を戻し、さっきより近づいて来ている火馬の群れを手で示した。

「馬には詳《くわ》しくないだろうが、どうだ、あの群れを見て、何か感じるか」

群れは牝馬《ひんば》が主体のようだった。去勢馬が数頭に、仔馬《こうま》も数頭交じっている。一見、ごく普通に見えたが、仔馬たちの色艶《いろつや》はあまりよくない。雪に足をとられてよろける仔馬も目についた。

「あの仔馬たちは、当歳の春仔《はるこ》か」

馬は早春に仔を産むと聞いていた。生まれてから一年近く経っているにしては、足腰の安定がよくないように見えたから、そう言ったのだが、オーファンたちの顔に浮《う》かんだのは、激しい怒《いか》りの色だった。

「そうだ。当歳だよ。大地を蹴《け》って駆けまわっている頃《ころ》だ。……故郷の野にいたなら」

声がふるえていた。怒りだけではない。強い哀《かな》しみと不安が、その横顔に浮かんでいた。

五　神の声

火馬の群れを見つめて、オーファンは唸《うな》るように言った。

「ここは寒過ぎる」

ヴァンは眉根を寄せた。

「しかし、馬は寒さに強いだろう」

オーファンは首をふった。

「他《ほか》の馬はな。しかし、火馬は太陽の光を浴びて輝《かがや》く馬だ。こんな雪深い野で生きる馬ではない。母馬から産み落とされた仔が、何頭も深い雪の中で死んだ。その足で立つことすら出来ず、凍《こご》えて」

唇《くちびる》をふるわせ、目に怒りを宿したまま、オーファンは苦笑を浮かべた。

「火馬は、屋根の下では仔を産まない。北の連中がやっているように厩舎《きゅうしゃ》を作ってみたが、仔を産む時期が来ると、母馬たちは壁《かべ》に囲まれているだけで気が狂《くる》ったようになった。壁に身体《からだ》を打ちつけて、骨を折った母馬もいた。……見ていられなかったよ」

オーファンは首をふった。

「火馬は、陽が燦々《さんさん》とあたる野で生きる馬だ。ユカタ平原は火馬を包み育てる大らかな母の懐だった。故郷から離れて、こんな雪深い野へ連れてこられて、こいつらは年々衰えていく。来年、何頭の仔馬が産まれるか……まともに立てる奴が、どれくらいいるか……」

唇を結び、しばらく息を整えて、オーファンはヴァンを見つめた。

「あんたなら、どうだ。これが飛鹿《ピュイカ》だったら？　見ていられるか。飛鹿たちが苦しみ、衰えていく様を」

杭《くい》に繋《つな》がれていた飛鹿たちの哀《あわ》れな姿が目に浮かび、ヴァンは顔を曇《くも》らせた。

飛鹿が健《すこ》やかに生きているのを見る歓《よろこ》び、病《や》んだ飛鹿を見る苦しみ、それは、ガンサ氏族に生まれた男にとっては、理屈《りくつ》を超《こ》えて身の底から湧《わ》きあがってくる感情だ。

この男らも、そうなのだろう。

衰えゆく火馬を見る苦しみに、日々、身を苛《さいな》まれているのだろう。

そして、それは先の見えない苦しみだ。東乎瑠《ツオル》の支配下にあるユカタ平原に、彼らが帰る日は来ない。苦しみが終わるのは、火馬が死に絶え、絶望があきらめに変わったときだ。

オーファンの顔が歪んだ。

「故郷から追われたとき、おれは叫《さけ》んだよ」

低い、かすれ声だった。

「岩山の頂に登って、ユカタ平原に向かって、声を嗄《か》らして……。キンマの神よ、おれたちが何をしたのですか、と。おれたちが弱く、強欲《ごうよく》な侵略者《しんりやく》に負けたから、お怒りになっているのですか、と。

情けなかったよ。骨が崩《くず》れ落ちるほど、情けなかった。だが、一方で、ひどく理不尽《りふじん》だとも思った。そうじゃないか？　ただ、故郷で穏《おだ》やかに暮らしていた我らと、いきなりやってきて、他人の土地を我がものにするために横暴の限りを尽《つ》くしている奴ら——どちらの罪が大きいか、そんなことは赤子でもわかることだ」

雪の野に、その声が響《ひび》き、消えていく。

「我らは小さい氏族だ。だが、天にも地にも恥《は》じぬ暮らしをしていた。人のものを奪《うば》うような真似《まね》は決してしなかった」

涙《なみだ》が滲《にじ》む目で、オーファンはヴァンを見つめていた。

「運命の不公平を思ったことがあるか？　おれがあのとき知りたかったのは、それだった。この世はこういうものなのか。これほどに不公平なものなのか。弱い者は食われて、強者の血肉になるだけ。それが真理なのか？　小さな氏族に生まれたおれたちは、強者の食い物にされるために生まれてきたのか？……苦しむためだけに、この世に生まれてくる、そういう運命の者が、なぜ、いるのか」

ヴァンは黙《だま》って、その声を聞いていた。かぼそい声が、耳の底で聞こえていた。

――……なんで、ぼくなの？

痛みに苛まれ、眠《ねむ》ることすら出来ぬ苦しい息の下からささやいた、幼い息子《むすこ》の最期《さいご》の声が。

耳の奥から消えることのない声。

健《すこ》やかに生きられる者と、生きられぬ者。それを決めるものは、なんなのか。

「おれは祈《いの》った。岩山で二昼夜祈り続けた。

神よ、我らは無理を祈っているのではありません。ただ、公平が為《な》されることを望んでいるだけです。どうか、善《よ》く生きる者に喜びを、他者を苦しめる者に罰《ばつ》を与《あた》えたまえ、と」

オーファンの表情が、ふっとゆるんだ。

「どうなった、と思う？」

答えを待たず、オーファンは言った。

「神の御《お》言葉が下されることはなかった。おれは絶望したよ。灰色の靄《もや》の中にいるような気もちで岩山から下り、氏族が仮の宿りをしていた集落へ戻《もど》った。

そこでおれを待っていたのは、救いどころか、さらなる苦しみだった。——父が、犬に噛《か》まれていたんだ」

風の音が聞こえた。馬たちが身じろぎをし、雪を踏《ふ》むかすかな音が響いている。

「ああ、これが答えか、と思ったよ。おまえたちは死に絶えよ、と神がおっしゃっているのだと思った。その犬は、〈キンマの犬〉だったからな」

「〈キンマの犬〉？」

オーファンは、うなずいた。

「そうだ。キンマの神がお与えくださった犬だ。病《や》み、塚《つか》に葬《ほうむ》られた火馬の肉を食べて、病に勝った犬たちは神の御力をいただく。おれたちは、そういう犬のことを〈キンマの犬〉と呼ぶんだよ。

東乎瑠の奴らが、火馬の故郷を、穢《けが》れた羊の棲家《すみか》に変えたとき、羊どもがバタバタと死んだ……」

ふっと、オーファンが苦笑して、戦士たちをふり返った。

「おれも相当鈍《にぶ》いよな。なんであの時、すでに、神の御手《みて》が働いていることに気づかなかったんだろう。岩山に祈りに行ったとき、おれは、親の深謀遠慮《しんぼうえんりょ》に気づかずに親をなじるガキみたいなことをしていたわけだよ、な？」

戦士たちも苦笑を浮《う》かべてうなずいた。

ヴァンに顔を戻して、オーファンは、すまん、と言った。

「あんたには、さっぱりわからんよな。……つまり、こういうことだ。

東平瑠の移住民はな、自分たちの地元の暮らしをそのまんま、ユカタ平原に持って来ようとしたんだよ。羊だけじゃなく、麦まで持って来て植えやがった。

だが、ユカタ平原は、やつらのものじゃない。だから、奴らが持ってきて植えた麦は、もともとユカタ平原に生えていた麦と雑《ま》ざったとたん、毒に変わったんだ。それを食って、奴らの羊がバタバタ死んだのさ」

「あれが、最初の兆《きざ》しだったんですよね。神の御業《みわざ》が為されはじめた徴《しるし》だったんだ」

若いオソンが口を挟んだが、オーファンは叱《しか》らず、うなずいた。

「そういうことだな」

「……その」

ヴァンが口を開くと、男らは一斉《いっせい》にヴァンを見た。

「毒麦を食って死んだ羊を、あんたらの犬が食べたのか」

オーファンの目がぎらっと光った。

「毒麦を食って死んだのは羊だけじゃない。火馬も死んだ。——毒麦を食って死んだ火馬を、おれたちは塚に埋葬《まいそう》したが、移住民どもはそのそばに毒麦を食って死んだ羊を埋《う》めやがった。そいつらに汚《よご》されたせいで、塚には聖なる光が点《とも》らなくなったが、犬たちは、いつものように肉を掘《ほ》り出して食ってしまった……」

オーファンの顔がゆがんだ。

「犬たちは死んだ。汚《け》れた肉を食って、苦しんでな。かわいそうに。——だが……」

その目に再び光がひらめいた。

「キンマの神は、その御業を我らに示した。塚の一部に、再び聖なる光が宿ったのだ。その塚に埋められていた火馬や羊は、毒麦を食ったのに生き延びた連中だった。その後、ミッジ（ダニ）にたかられて死んだが、それでも、芯《しん》が強い奴らだったのだろうよ。

キンマの神は、そういう強い獣《けもの》の肉に特別な力を宿したのだ。そいつらを食った母犬たちは死ななかった！　多くの賢《かしこ》い仔《こ》を生み、仔が育つのが早く、どんどん増えた。以前のキンマの犬たちをも凌《しの》ぐ、驚《おどろ》くほど賢い仔らだった」

それを聞いた瞬間《しゅんかん》、ヴァンは、これまで来た道を覆《おお》っていた霧《きり》がゆっくりと晴れていき、見たくない道が目の前に見えてくるような不安を感じた。

獣の目が、脳裏《のうり》にくっきりと浮かんできた。——岩塩鉱の暗い地の底に駆《か》け込んできた獣の、あの目。どこか兵士を思わせる、あの目。

「毒を食っても生き延びた馬や羊の肉を食って……」

ヴァンはつぶやくように言った。

「その犬たちは、身に毒を飼ったのか」

オーファンは熱っぽい目でヴァンを見つめた。

「そうだ。あの犬たちは神の御手に成ったのだ。神は、侵略者のもたらした毒から生き延びた者に、侵略者を殺す力を与えたのだ。

侵略者の毒に汚されても生き延びよ！　さすれば、おまえたちは、以前より強くなる！　そう、キンマの神は我らに教えてくださったのだ。――ユカタの大地を侵《おか》した者だけを殺す毒を犬の牙《きば》に与えて」

微笑《ほほえ》みが、ゆっくりとその顔に浮かんだ。

「おれの父は、死ななかった」

笑みが顔全体に広がっていく。

「東乎瑠の移住民は、牙に掠《かす》られただけで死んだのにな。

わかるか？〈キンマの犬〉は正しき者は殺さない。だが、罪のある者には、命を奪う牙になる。――この土地に住むことを許されぬ者は、嚙まれれば死ぬんだ」

息を吸い、笑みを消して、オーファンは続けた。

「……あんたには、あの犬たちは、死の使いに見えただろう。岩塩鉱の中は、ひどい有り様だったそうだからな」

ヴァンは黙って、オーファンを見ていた。

オーファンは目を逸《そ》らさず、ヴァンを見つめていた。

「だが、よく考えてみろ。あそこにいた奴隷《どれい》たちのことを。アカファの民《たみ》はいたか？　あるいはユカタ地方の三氏族は？　あんたのようなトガ山地民は？」

思いがけぬ問いかけに、ヴァンは眉根《まゆね》を寄せた。

暗い地の底で共に働き、眠った男たち。顔など定《さだ》かに見えなかったが、確かに、言葉が通じる者はひとりもいなかった。

「いなかっただろう？　アカファ岩塩鉱で働かされていた奴隷は、みな、東から連れて来られた戦争奴隷だ。例外は、あんただけだった」

オーファンの目に白い光が浮かんでいた。

「あんたは助かった。噛まれても死ななかった。それを知ったとき、おれたちは震《ふる》えたよ。震えながら、キンマの神に感謝の祈りを捧《ささ》げた。一昼夜、祈り、歌った」

息を吸って、オーファンは言った。

「あの犬たちは、我ら火馬の民だけではなく、東乎瑠の暴虐《ぼうぎゃく》に苦しむすべてのアカファの民を救うために遣《つか》わされた、まごうことなき神の使いであることを、あんたは示してくれたのだ」

オーファンが言っていることの意味が頭に沁《し》みこみ、形を成した。……とたん、背筋に、痺《しび》れるような寒気が走った。

オーファンの目は強い輝《かがや》きを湛《たた》えていた。

「神は、人にも獣にも故郷を与《あた》える。生まれ、まぐわい、子を生《な》して、やがて、大地に帰る。その巡《めぐ》りを繰《く》り返してきた故郷は、おれたちそのものだ。おれたちの親も、その親も、その親も、みな、あそこにいる」

オーファンは、ふいに手を大きく広げた。

「おれたちは必ず故郷へ帰る。あの美しい、火馬が駆けるユカタの野へ」

六　夢に訪《おとず》れる者

人は死ぬと小さくなる。

嘘《うそ》のように小さくなった妻の顔を茫然《ぼうぜん》と見ながら、肘《ひじ》のところに、ときおり息子《むすこ》の肩《かた》が触《ふ》れるのを感じていた。

息子の顔を見るのが怖《こわ》かった。

幼い、涙《なみだ》にまみれたその顔が自分を見上げている。その小さな口が、なぜ？　と、問うている。

——……なんで、母上は……。なんで……

母はなぜ病に罹《かか》ってしまったのか？　同じ病に罹った叔母《おば》は治ったのに、なぜ母は……？

問うても答えなどないことがわかっているのだろう。なんで、とだけ繰り返している、その、まだ声変わりに遠い甲高《かんだか》い声が、かぼそく耳を打つ。

（聞きたくない）

ヴァンは固く目をつぶり、耳を押さえた。

幼いその声が、やがて、なんで、ぼくなの？　と問うことを知っていたから……。

ヴァンは懸命《けんめい》に夢から我が身をもぎはなした。

荒《あら》く息をしながら、ヴァンは汗《あせ》まみれの顔を手で拭《ぬぐ》った。心《しん》ノ臓《ぞう》がもだえるように脈打っている。

大きく息を吸い、長々と息を吐《は》くと、ようやく悪夢の残滓《ざんし》が離《はな》れていった。

妙《みょう》な時刻に寝入《ねい》ったものだ。

夕暮れの光が、天幕の煙《けむ》だしの穴から斜《なな》めに落ちている。

その光をなめるように、ゆっくりと煙《けむり》が上がって行くのを、ヴァンは、見るともなく見ていた。

小さな独り用の天幕の中には、寝床《ねどこ》と炉《ろ》、水瓶《みずがめ》、用を足すための壺《つぼ》などが置いてある。

戸布は閉じており、外に見張りが立っているが、堅固《けんご》な檻《おり》というには程《ほど》遠い。逃《に》げようと思えば、いつでも逃げられる。

この天幕は、ヴァンが逃げないことを重々承知しているからこその軟禁《なんきん》の場だった。

寝床の上に仰向《あおむ》けになり、ヴァンはぼんやりと、いま見た悪夢のことを思った。

（……久しく見ていなかったのにな）

息子を亡《な》くしたばかりの頃《ころ》は、毎夜のように見た夢だった。

今朝の、オーファンの話のせいだろう。

（あれは、おれの声だ）

なんで、と問う息子の声は、自分の心の声だ。

病に罹らぬ人もいるのに、なぜ、妻と子は罹ってしまったのか。なにか悪いことでもしたというなら、まだ納得《なっとく》もできただろうに、なんの理由もないからこそ、どうしても問わずにいられない。

長く生きることができる者と、長く生きられぬ者が、なぜ、いるのか。

長く生きられぬのなら、なぜ生まれてくるのか。

（運命の不公平……）

ヴァンは両手で顔を覆《おお》った。

瞼《まぶた》の裏に、ふと、黄昏《たそがれ》の、あのがらんとした厨房《ちゅうぼう》が見えた。息絶えた女たちの静かな骸《むくろ》、母に守られて生き延びた幼い子の涙に濡《ぬ》れた頰《ほお》と、じっとこちらを見ていた、つぶらな瞳《ひとみ》が。

（あの子は生き延び、おれも生き延びた）

腕《うで》に抱《いだ》いたユナの、かすかに湿《しめ》った温《ぬく》もりが、その重さが思い出された。——生きている幼子の重さが、あのときまた、自分の腕にかかったのだ。

あの子は生きている。あの子はまだ、この手で、たすけることができる。

深く息を吸い、ヴァンは顔から手をおろして、煙だしの穴を見上げた。

（……妄執《もうしゅう》、か）

オーファンという、まだ若さの残るあの族長と、この氏族の人々の気もちはよくわかる。

彼らが経てきた苦しみも、その苦しみを与えた者に、相応の苦しみを味わわせてやりたいという気もちも、もう一度、故郷で暮らしたいと願う気もちも、痛いほどわかる。

だが、それでもなお、彼らが思いこんでいることは妄執としか思えなかった。

あの毒の牙《きば》をもった半仔《ロチャイ》たちを、彼らは、神の御手だと思いこんでいる。キンマの神が、東乎瑠《ツオル》から西の地を解放するために遣《つか》わしてくださった御使いなのだ、と。

だが、病《や》んだ獣《けもの》に女も子どもも赤子も関係なく嚙《か》ませて、その生死を神の御《ご》意思と見る、その異常さに、彼らは誰《だれ》一人として気づいていない。

（東乎瑠人も、人だ）

日々の暮らしを、ただ営んでいる、ふつうの人々だ。

トマの母の季耶《きや》の、おっとりとした笑顔《えがお》が目に浮《う》かんだ。

〈谺主《こだまぬし》〉に招かれてから、消息を知らせぬままになって、季耶たちはさぞかし気をもんでいることだろう。本当に申しわけないことをしてしまっている。

オキでの暮らしが懐《なつ》かしかった。できることならユナと一緒《いっしょ》に帰って、また、みなと暮らしたかった。

あそこでは、もともとどこから来たかなど、もう意味をなくしている。縁《えん》あって共に暮らしてきた、その日々がすべてだ。

移住民には移住民の事情がある。故郷を離れて移住させられてきた苦悩《くのう》も、この地で根をおろすために流した汗も、この地で得た幸せもある。

そういうすべてを考えず、彼らをただ、神に許されぬ者と思う、その心の底に何があるのか、彼らは見ようとしていない。

（神というのは、便利な理屈《りくつ》だ）

岩塩鉱で、あの犬たちに殺された奴隷《どれい》たちは確かに東の民《たみ》だった。

だが、みな、西の民と同じように東乎瑠と戦った人々だったのだ。隣《となり》で寝起《ねお》きしていたあの男たち……みな、故郷を追われ、ひどい苦しみに耐《た》えてきた人々だった。

（おれたちと、何が違《ちが》う）

同じ苦しみの底にいた人々ではないか。絶対に、あんな風に殺されてよい人々ではなかった。

だが、それを言っても、オーファンの思い込みが揺《ゆ》らぐことはあるまい。

神が、奴隷として働く苦しみから解放してくださったのだと思えば済むからだ。

自分たちが思いたいように思わせてくれる神が、都合の良過ぎる方便であることを、彼らが認めることは決してないだろう。

むしろ、ヴァンがそんな風に思っていると知ったら、彼らは心底驚《おどろ》くだろう。故郷を守るために東乎瑠軍と死闘《しとう》を繰《く》り広げ、仲間を殺され、奴隷にまで落とされた男が、なぜ、自分たちと同じ思いを抱《いだ》いていないのだ？　と、思うだろう。

（東乎瑠の将や軍人どもは、憎《にく》い）

他者の土地すら我がものと考える傲慢《ごうまん》さには、血が凍《こお》るような怒《いか》りを覚える。奴隷として扱《あつか》われた、あの地獄《じごく》の恨《うら》みも忘れたわけではない。

だが、心の底までひっくり返してみても、オーファンらが抱いている、東乎瑠人であれば女でも子どもでも皆殺《みなごろ》しにしたいというような憎悪《ぞうお》の念はないのだ。

（多分……）

自分にとって最も大切なものを奪《うば》っていったのは、東乎瑠ではなかったからなのだろう。

枕元《まくらもと》に置かれている小さな壺から漂《ただよ》ってくる、甘い果実酒の匂《にお》いを嗅《か》ぎながら、ヴァンは目をつぶった。

ずっと心に巣くっているこの虚無《きょむ》の源が、人や国であったなら、まだしも救いがあっただろうか。あの男らのように復讐《ふくしゅう》に情念を燃やすことで、心の闇《やみ》から目を逸《そ》らすことができただろうか。

ヴァンは小さくため息をついた。——それは、無理だろう。

たとえ、我が子と妻を奪った相手が東乎瑠だったとしても、自分はきっと、彼らの向こうに、いまと同じものを見たはずだ。深く、決して消えることのない、この虚無を。

この思いは、人に話して伝わるようなものではない。オーファンに話しても、彼には決してわからないだろう。

（彼らは、おれに何をさせようとしているのか……）

あの犬たちは、確かに恐《おそ》ろしい。

だが、何頭いるのか知らないが、所詮《しょせん》、犬は犬だ。たとえ百頭いたとしても、東乎瑠軍を殲滅《せんめつ》させることはできまい。

東乎瑠は大国だ。

病を運ぶ犬ぐらいでは、この地から押し戻《もど》すことなどできるはずもない。妄執に囚《とら》われているとしても、そのくらいのことは火馬の民にもわかっているはずだ。

それとも、そんなことすらわからなくなるほど、キンマの神とやらを狂信《きょうしん》しているのか。あるいは、他《ほか》に何か、見せていない札があるのか……。

そうかもしれない。オーファンは結局、ヴァンに何をさせたいのかは、口にしなかった。夜になればわかる、と、言っただけだった。

ただ、そう言った後に、彼が付け加えた言葉が、飲み下せない異物のように胸の辺りに留《とど》まっていた。

——夜になれば、わかる。……〈キンマの犬〉の死から蘇《よみがえ》ったあんたには
あの犬に嚙まれた後、訪《おとず》れた異様な悪夢。あれを死と表現されたことが、妙《みょう》に薄気《うすき》味《み》悪く感じる。

(〈キンマの犬〉の死……)

(あれから、おれは)

確かに変わった。何がどう変わったのかわからないが、身の内に、かつての自分とは違う生き物がいる。

これまで、何度か、あれが顔をだした。身体《からだ》も心も乗っ取って。

(これまでは自分を取り戻せた。——だが……)

いつか、あれが主になり、自分は消えるのではないか。そんな予感がいつも心の何処《どこ》

かにある。

ヴァンはそっと両手で顔を覆《おお》った。

（恐ろしいのは）

心底恐ろしいのは……それを、自分が恐れていないことだ。

いつ気づいたのかわからない。いつの間にか、感じていた。

（あれに成っているときには、虚無が消える）

常に心を苛《さいな》んでいる、生きることを虚《むな》しく思う気もちが、ない。あるのはただ、命の衝動《しょうどう》だけだ。

そして、孤独《こどく》でなくなる。個であることには変わりがないのに、広大な河に溶《と》けてしまったような平らかで、ひとつながりの感覚がある。

（オーファンは知っているのか。おれの内側に、あれがいることを）

そうかもしれない。

彼の父も噛《か》まれて生き延びたと言っていた。あの犬たちに噛まれて生き延びた者には、同じようなことが起きているのかもしれない。

そう思ったとき、ふっと、ユナの顔が目に浮かんだ。

あの犬たちが襲《おそ》って来たときに、腹にもぐりこむようにして泣いていた、あの声まで生々しく蘇ってきた。

——……おちゃん、おちゃん……あんね……くろいのがね……

（ユナ……）

もしかすると、あの子も同じなのか。

狂犬《きょうけん》に嚙まれた者が、あたかも狂犬になったかのように水を嫌《きら》い、苦しむように、あの犬に嚙まれた者は、たとえ死ななくとも何かを身の内に飼ってしまうのか。

光る世界。闇すら明るく見える、あの異様な視野。すべてが変容していくあの感覚……。

ヴァンは、煙《けむ》だしの穴から射《さ》し込んでくる夕暮れの光を凝視《ぎょうし》したまま、冷たい水のようなものが、ひたひたと全身に広がって行くのを感じていた。

火馬の民が故郷を取り戻すために、何をさせようとしているのか知らないが、自分を取り巻いているものは単純な復讐とは程《ほど》遠い。途方《とほう》もなく複雑で、つかみどころのない何かだ。

そう思ったとき、ふと、あの女が言った言葉が耳の底に蘇ってきた。

——……もっと、複雑な事情があるのです

ヴァンは、ぐっと眉根《まゆね》を寄せた。

（モルファ族とアカファ王……）

火馬の民と、どう関《かか》わっているのか。

煙だしの穴の縁《ふち》を染めていた金色の光が、ゆっくりと色を失っていく。

辺りが青い闇に沈《しず》んだ頃《ころ》、異変が起きた。

七　〈犬の王〉

　はじめに感じたのは匂いだった。

　苔《こけ》むした倒木《とうぼく》が雨に濡《ぬ》れて放つような、青臭《あおくさ》い匂い。

　いつの間にか誰《だれ》かが天幕の中にいた。――戸布を開けることもなく、足音も立てず、気がつくと、隅《すみ》の暗がりに人の気配があったのだった。

　ヴァンは身を起こし、気配がある天幕の隅を見つめた。

　闇の中に息の音がかすかに聞こえている。しかし、人の姿は見えない。影《かげ》すら、ない。

　夕暮れの青さが消えて、静かに闇が訪れたとき、そこに何かが見えはじめた。

　ぼうっとゆらめく陽炎《かげろう》のような鬼火《おにび》。ごく小さな青白い光が無数に凝《こ》り集《つど》い、ゆらゆらと揺《ゆ》れながら、人の形になっていく。


――…………


　頭の中に、なにか聞こえた。

　青臭い匂《にお》いが全身を押し包み、毛穴から沁《し》み込んでくる。

――……こ、い

緑がかった青白い光が、ゆらめきながら呼んでいる。

するするとその手が伸《の》びてきて、あっと思う間もなく眉間《みけん》に触《ふ》れた。――とたんに、我が身が、つるりと脱《ぬ》げ落ちた。

大気が甘い。辺りが明るく、身体が浮《う》きそうに軽い。

気がつくと、天幕の外を歩いていた。

目の前には男の背がある。ずんぐりとした初老の男だ。わずかに背を丸めて歩いて行く。

辺りは満月の夜のように妙に明るく、男の姿はくっきりと見えるのだが、周りにある天幕は、みな幻《まぼろし》のようにぼやけている。

男は森の中に入って行く。

森の中は妖《あや》しい光に満ちていた。――なんという数の光。無数の、煙《けむり》のように舞《ま》い躍《おど》る、ごくごく小さな光の群れ……。

様々な匂いが、波のように押し寄せてくる。

やがて、馴染《なじみ》のある匂いが近づいてきた。軽い足音とともに駆《か》け寄ってくる獣《けもの》たち……。

（……半仔《ロチャイ》）

十数頭ずつの群れが、四方八方から、ひたひたと近づいてくる。

――……半仔などという、卑《いや》しい名で呼ぶな

ふいに、声が聞こえた。

いつの間にか男は立ちどまり、こちらを向いていた。男に半仔たちが近づき、輪になって、額《ぬか》ずくように伏《ふ》せていく。

――これは〈キンマの犬〉。おれの猟犬《りょうけん》たちが、この地の黒狼《こくろう》と交わり、キンマの血を分けて生まれた、神の猟犬たちだ

それは、神々《こうごう》しい光景だった。

すっくと立つ男を頂点として、高い山の裾《すそ》野が広がるように、数十頭の犬の群れが額ずいている。

「……あなたは、誰だ」

問いかけると、男は答えた。

――おれは〈犬の王〉

男が、笑ったように見えた。

――人であるときの名はケノイ。かつては〈火馬の民〉の族長だったが、キンマの神に召《め》されて生まれ変わった
男がすっと、一点を指差した。

――ほれ、おれの身体《からだ》はそこにある。あの身の中にいるときは、おれは、病《や》んだ年寄りだ。もう、さして長くない……

男が指差した大木の根元に、人の姿があった。ぐったりと背を大木に預けて、頭を垂れている。

――犬の王となるとき、おれはこうして我が身を脱ぐのだよ。脱げば、おれは強くなる

男が顔をあげ、真っ直《す》ぐに、こちらを見たような気がした。

――おまえも、強い。……感じるか？〈キンマの犬〉たちは、おまえを畏《おそ》れている

それは、感じていた。群れをなす犬たちから、畏れながら、慕《した》っている気もちが波のように伝わってくる。命じれば、彼らは自在に動くだろう……。

――これまで、幾人《いくにん》もの勇猛《ゆうもう》な男らが、自ら〈キンマの犬〉に嚙《か》まれて、彼らの王になることを試みてきた

だが、〈キンマの犬〉の血を宿し、絆《きずな》を作ることはできても、誰ひとりとして、〈犬の王〉になれた男はいなかった

多くの雄《おす》がいても、群れの頭になるのは一頭のみ。――〈犬の王〉になるにも、なにか、資質がいるのだろう

男が、かすかに笑ったような気がした。

——おまえは、おれが見つけた、ただひとりの例外……ただひとつの、希望だ

男が歩み寄ってきた。草を踏《ふ》んでいるのだが、音がしない。

ゆっくりと歩み寄り、手を伸ばし、ヴァンの手をとった。——とたん、ぬるい液体が流れこむように無数の声が流れ込んできて、ヴァンはうめいた。

頭の中に声が響《ひび》く。それは、男の声のようでもあり、自分の声のようでもあった。

（〈キンマの犬〉の血を分けし兄弟よ、聞いてくれ……）

蚊《か》の群れがざわめくような高い音。その音が全身に満ち、やがて夢がはじまった。

＊

天幕が白んでいる。

やわらかな早朝の光がまつ毛に宿り、ふるえていた。

ヴァンはゆっくりと目を開けた。瞼《まぶた》が重い。頰《ほお》が濡《ぬ》れている。——夢を見て、泣いていたのだ。

両手で冷え切った顔を覆《おお》うと、自分のてのひらの匂いがした。

その慣れ親しんだ匂いを嗅《か》いだとたん、また涙《なみだ》が溢《あふ》れ、頬を伝った。

（……なんという）

夢を見たのだろう。長い長い、哀《かな》しみと苦悩《くのう》と歓喜《かんき》に満ちた夢だった。


〈犬の王〉と名乗った老人と溶《と》けあって見たのは、故郷で暮らしていた頃《ころ》の〈火馬の民《アファル・オマ》〉の日々と、そのすべてが突然《とつぜん》の侵略者《しんりゃく》たちの専横によって侵《おか》され、崩《くず》れ去って行った記憶《きおく》だった。

故郷をもぎとられ、追放されていく、我が身が半分に切られ、剝《は》がされていくような哀しみと怒《いか》り。その絶望のどん底に、ふいに見えた希望の光……。

人の身を離《はな》れ、溶けあった夢の中で見たすべては、圧倒《あっとう》的な生々しさで心に溶け、もはや自分の記憶と変わらぬものになっている。

しかし、その圧倒的な夢の記憶より生々しく焼きついているのは、夢を見せ終えて、老いた我が身に戻《もど》ったときの、ケノイの表情だった。

彼は、惨《みじ》めな顔をしていた。

〈犬の王〉として輝《かがや》いているときの表情とはまるで違《ちが》う、病み、心と身体の痛みに常に責めさいなまれて萎《しな》びた、老いた顔をしていた。

無理もない。彼が負うているものは、あまりにも重すぎる悔《く》いだ。——同胞《どうほう》から故郷を奪《うば》うことになった、あの移住民襲撃《しゅうげき》事件を起こしたのは彼の弟であり、彼は、弟の企《たくら》みを知りながら、止めなかった。

愛馬が毒麦を食って死んだことをきっかけに心に狂気《きょうき》を宿してしまった弟の企みを、彼は百害あって一利もないと言葉では諭《さと》しながら、本気で止めもしなかった。

族長でありながら同胞の怒りを鎮《しず》め諭《さと》すこともできず、曖昧《あいまい》なまま時を過ごそうとした、その優柔不断《ゆうじゅうふだん》さが、決定的な悲劇を一族にもたらしてしまったのだ。

永遠に奪われていく故郷。二度と帰れぬそこを、いく度もふり返りながら、泣きながら、離れていかねばならなかった人々の怒りと哀しみと、無言の非難を、彼はその身で負うたのだった。

両手をしずかに外して、ヴァンは天幕の煙《けむ》だしの穴を見つめた。

その枠《わく》の向こうにみえる朝の空。見慣れているはずの空が、見たことのないもののように思える。

顔をゆがめて、ヴァンは固く目をつぶった。

途轍《とてつ》もない寂《さび》しさがあった。

ずっと長いこと感じていた寂しさだった。——もはや帰れぬ故郷、帰ることのできぬ時。愛《いと》しいアリィサと我が子モシル。あの笑顔《えがお》、肌《はだ》の温《ぬく》もり、匂《にお》い……。

老いた父と母が、歩きはじめた孫を見て、うれしくてたまらぬ顔で笑っている。アリィサの滑《なめ》らかな肌に肌をぴったりとつけて抱《だ》きしめ、うなじの匂いを感じ、頰をつけ……。

なにをどう願おうとも、もう決して帰ることのできぬあの日々。

急流を駆《か》け下るように流れていく落ち葉。

光る刃《やいば》、血と臓物の匂い、汗《あせ》、顔を覆い、肩《かた》をふるわせて慟哭《どうこく》する友。

（……家に帰りたい）

決戦の前の夜、涙を流しながらつぶやいた戦友ヴァサルの声。

（家の竈《かまど》の前に女房《にょうぼう》と娘《むすめ》がいて、おれの好物のキノコと猪肉《ししにく》の煮込《にこ》みを作ってくれていて、母ちゃんが日向《ひなた》で足を投げ出して豆の莢《さや》を剝《む》いていて……）

もうとうに逝《い》ってしまった家族がいた、あの故郷へもう一度、もう一度帰りたい……。

流れる涙を拭《ぬぐ》うこともなく、ヴァンはすすり泣いた。

長いこと、泣きたかったのだ。

寄る辺ない哀しみの中をずっと歩いてきた。異郷で暮らしているあいだも、心の底から家族と暮らした故郷を渇望《かつぼう》する気もちが消えたことはなかった。

我が身はもはや木の枝から離れ、落ちてしまった葉だ。流れゆき、やがては大海に消えていくしかない。そうわかっていても、哀しみや渇望は、消えることはない。〈火馬の民〉もまた、強引《ごういん》に故郷から切り離された落ち葉だ。故郷に帰ることをひたすらに願っている、哀しい落ち葉なのだ。

〈火馬の民〉が自分に何を望んでいるのか、わかった。

ケノイとつながって、ケノイの記憶を生きたいま、それはもはや、自分の血の中にも流れているように思えるほど、為《な》して当然のことに思えた。

天幕の外にざわめきが生まれた。

ずっとざわめきは聞こえていたが、それとは明らかに違う、この天幕に用がある者がやって来たことを感じさせる人々の話し声が聞こえて来る。

ヴァンが身を起こすのと、戸布が持ち上がったのがほぼ同時だった。

ちょっと身をかがめて入って来た男を見て、ヴァンは、はっと目を見開いた。

ヴァンを見るなり男の顔が歪《ゆが》んだ。その表情が、あまりにも妻に似ていて、目にしたとたん胸が締《し》めつけられた。

ヴァンは立ち上がり、痺《しび》れたようになっている足をようやく動かして、男に歩み寄った。

「……義兄上《あにうえ》」

つぶやいて、ヴァンはふるえる手で、妻の兄であり、幼馴染《おさななじみ》であった男の手をとった。

義兄は唇《くちびる》をふるわせ、涙を流しながらヴァンを固く抱きしめた。

第八章　辺境の民たち

一　背後にいた者

夕暮れの光は薄《うす》れ、薪《まき》小屋は青い闇《やみ》に沈《しず》みはじめた。

腰《こし》をかがめてマコウカンの顔を覗《のぞ》き込み、姉は薄く笑った。

「……随分《ずいぶん》と老《ふ》けたわね」

イリア、と姉の名を口にしようとしたが、うまく声がでなかった。

姉は、マコウカンの手首の拘束《こうそく》を小刀で切ると、小さな壺《つぼ》をさしだした。

「飲みなさい。吹《ふ》き矢《や》の毒は、そろそろ消えるはずだけど、まだ喉《のど》がいがらっぽいでしょう。気をつけて飲みなさいよ。むせるかもしれないから」

壺に口をつけるとひんやりとした水が口の中にひろがった。だが、うまく飲み下せない。少しずつ飲み込もうとしたが、むせてしまった。

「ほら、言ったそばから、あんたはもう……」

舌打ちをしながら、姉は背を叩《たた》いてくれた。

涙《なみだ》をぬぐい、姉を見上げて、マコウカンはつぶやいた。

「……なにが、どうなっているんだ」

姉は片膝《かたひざ》をつき、渋《しぶ》い顔をした。

「あんたはまったく、なんでユグラウル家の息子《むすこ》の従者になんぞなったのよ。このくだらない世界からせっかく逃《に》げだしたのに、また自分から繋《つな》がれに戻《もど》ってくるなんて、馬鹿《ばか》もいいところだわ」

「…………」

「たすけてあげたいけどね、こうなったらもう、行けるところまで行くしかないわ」

マコウカンは眉《まゆ》をひそめた。

「姉上、おれにわかるように話せよ」

ため息をつき、姉は髪《かみ》をかきあげた。

「あんたは泥沼《どろぬま》にずっぽり胸まで浸《つ》かっているって言っているのよ。――それにしても、吹き矢を使うなんて。こちらに任せておけって言ったのに、しょうもない奴《やつ》ら」

「奴らって、火馬の民《アファル・オマ》のことか？」

声を低めてささやくと、姉は鼻を鳴らした。

「声を低めなくていいわよ。ここはうちの薪小屋で、連中はうちの敷地《しきち》に入ることは許されていないから」

「え？」

マコウカンは辺りを見回した。

「こんな薪小屋、あったか？」

姉はまた、ため息をついた。

「あんたが家出してから、何年経《た》っていると思ってるの」

マコウカンはむっとして、姉を見つめた。

「なんなんだよ！　おれだとわかっているのに、うちの館《やかた》の小屋の柱に縛《しば》りつけたりして、ふざけるなよ！」

姉の目に、冷ややかな光が浮《う》かんだ。

「ふざけてなんかいないわ。――弟でなかったら、あのまま殺させている。従者などいない方が、こちらとしては都合が良いから」

すっと額が冷たくなった。

マコウカンはじっと姉の目を見つめたが、姉は表情のない目で見返しているだけだった。

「あんたの命はそのくらい軽いのよ。役に立つと思ってもらえれば、生かしておいてもらえるでしょうけれど、わずかでも害になると思われたらおしまい」

顔を近づけて、姉は言った。

「私は、むろん、あんたを殺したくはないわ。だから、こうして話しに来ているのよ。

私の話をしっかり聞いて、生き延びるためにどう動いたらいいか考えなさい」

鼓動《こどう》が速くなった。

かつて、この姉は、兄を手にかけた。――そのことを思いだし、喉のあたりから、冷たいこわばりが顎《あご》へとひろがった。

「……おれたちをここへ送り出したのは〈奥〉だぞ」

姉は唇の端《はし》を持ち上げ、一層顔を近づけて、ささやいた。

「だから？　あなたたちは我が氏族で歓待《かんたい》されている最中よ。なんの問題もありはしないでしょう？」

うす闇の中で、その目が静かに光っている。

「私はいまもチイハナさまに命じられた仕事をちゃんと果たしているわよ。でも、別の事情もある。大切な事情がね」

すっと顔を離《はな》し、姉は冷ややかな声で言った。

「オタワルは池に映る月よ。自分で光ることはできない。かつてはアカファ、いまは東乎瑠《ツオル》の輝《かがや》きを映して光っている。常に、その時々の為政者《いせいしゃ》を輝かせ、その力で自分たちも輝く、水面《みなも》に映る月……」

マコウカンは黙《だま》って姉を見つめていた。

代々、オタワルの〈奥〉に仕えてきたシノック家の家業を継《つ》いだ姉。その心のうちで、何を思っているかなど、これまで知ることもなかった。

「チイハナさまに命じられた仕事ってのは、〈火馬の民〉を探《さぐ》ることか?」

「そうよ」

姉はあっさり言った。

「追放された彼らを受け入れて住まわせている私たちなら、情報を得るのも容易《たやす》いからね。でも、彼らと縁《えん》が深い私たちの情報だけじゃ不安なものだから、時折、別の連中も、ちらほら現れては探っているわ」

姉は鼻で笑った。

「別にかまわないけどね。こっちも、〈奥〉の手の内は知り尽《つ》くしているし、氏族に異邦人《いほうじん》が接触《せっしょく》すれば、すぐに私に伝わる。氏族の者を買収しても、私にはわかる。……ただ」

ふっと真顔になって、姉は言った。

「これからは、そうのんびり構えてもいられないのよ。いまは、聖領に余計なことをされるわけにはいかないの」

厚い布の下で手をうごかされているように、何を言われているのか、わかるようで、わからなかった。

ただ、姉が、あの病《や》んだ犬たちの襲撃《しゅうげき》を企《くわだ》てた側にいて、オタワル聖領の〈奥〉を裏切っていることだけはわかった。

姉が陰謀者《いんぼう》の側にいる、ということは、故郷の人々——山地氏族すべてが、陰謀を企てている側に属しているのだろう。

（……〈火馬の民〉と〈山地の民《オファル・オマ》〉）

むかしから絆《きずな》があったユカタの氏族が手を結んで、なにかをやっている。

（つまり、黒狼熱《ミッツアル》の復活は、おれの故郷の氏族たちが企てていることだったのか）

腸《はらわた》が萎《な》えていくような気がした。

（なるほど、おれは胸まで泥沼につかってる）

マコウカンは姉を見た。

「……ホッサルさまは？」

「心配しなくていいわ。彼は大切な人質《ひとじち》だし、使える男だから、丁重《ていちょう》に扱《あつか》われている」

「人質？」

姉は肩《かた》をすくめた。

「そうよ、もちろん。いままでの話を聞いていてわからなかったの？　いまは聖領に余計なことをしてほしくないって言ったでしょう。彼はオタワルに対する重石《おもし》よ」

立ち上がり、姉は、マコウカンにも立つように促《うなが》した。

マコウカンが立ち上がると、姉は後ろを向くように言って、素早《すばや》く手首を縄《なわ》で縛った。

きつくはなかったが、巧《たく》みな結び方で、手首を動かしても、まったくゆるまなかった。

「あんたは木偶《でく》になりなさい」

姉の声が背を伝わって聞こえた。

「何を聞いても反応せず、私たちに言われた通りのことをする。それが、結局は自分とホッサルを救うことにも繋がるわ。……あんたが自分で考えて、動こうなんて思わないことよ。あんたにはわかっていないことが山ほどあるんだから」

マコウカンは応《こた》えず、ふり返って姉を見つめた。

姉は、そっと背を手で押した。

「歩きなさい。ホッサルのところへ連れていくから」

＊

姉の言葉に嘘《うそ》はなく、ホッサルは、ほんとうに歓待を受けていた。

暗い裏道を通ってマコウカンが連れていかれたのは、族長の従弟《いとこ》にあたるウカニ・オクサの館だった。

オクサ家は名家だったが、その館は族都の西の端の山の中腹にぽつんと離れて建っている。そのために、軟禁《なんきん》の場所に選ばれたのかもしれなかった。

姉はマコウカンを連れて裏口から入って行ったが、出迎《でむか》えた館の人々はちょっとお辞儀《じぎ》をしただけで何も言わず、ふたりを廊下《ろうか》に導くと、すぐに退いてしまった。

「この部屋よ。入りなさい」

手首の縄をほどくと、姉はくるくるっと縄を巻き、踵《きびす》を返して歩み去ってしまった。

マコウカンはため息をついて、扉《とびら》を叩《たた》いた。

中から、入って来い、という声が聞こえたので扉を開けると、炙《あぶ》った鴨《かも》の香《こう》ばしい匂《にお》いがふわっと漂《ただよ》ってきた。

狩《か》ってからしばらく吊《つ》るして熟成させ、蜂蜜《はちみつ》を溶《と》いた特製のタレをかけながら丁寧《ていねい》に炙ると、皮に独特の照りが生まれ、香ばしくパリッと焼ける。腹には栗《くり》や胡桃《くるみ》などを詰《つ》めてあり、肉と一緒《いっしょ》に食べれば口の中にコクのある旨味《うまみ》が広がる。この地方の秋から冬にかけてのご馳走《ちそう》だ。

ホッサルはひとり食卓《しょくたく》に座り、小刀で鴨を切り分けて盛《さか》んにほおばっていた。マコウカンが部屋に入っても、ちらっと目をあげて見ただけで、手は止めなかった。

「……ご無事で」

と、声をかけると、ホッサルはもぐもぐと口の中にあるものを噛《か》んで、ごくん、と飲み込んでから、果実酒をあおった。

それから、ようやく手を止めて、マコウカンに目を向けた。

「うまいぞ。おまえも食え」

言われるままに、マコウカンは椅子《いす》を引いて座ったが、まるで食欲《しょくよく》がわかなかった。

「よく食えますね」

つぶやくと、ホッサルは鼻を鳴らした。

「おれは腹が立つと、腹が減るんだ」

ガチガチと音を立てて力任せに肉を切り、口に運ぶ。

「……怒《おこ》っておられるんですか。心配しているのではなく？」

「心配？　なにが心配なんだ？」

「なにがって、私らは吹《ふ》き矢《や》で昏倒《こんとう》させられて、ここに監禁《かんきん》されているんですよ？」

「だから怒ってるんだろうが！　くそっ。吹き矢なんぞ使いやがって。毒は微量《びりょう》でも体質によってはえらいことになる可能性だってあるのに！」

ホッサルはごくごく喉《のど》を鳴らして果実酒を飲んだ。

「チイハナのくそババア！　こうなることを読んでいて、おれたちをこんなところへ送りこみやがった。あのくそったれの、くそババア！」

「え？　そうなんですかね」

ホッサルは吐《は》き捨てるように言った。

「そうに決まってるだろう！〈火馬の民〉を探るにしても、この辺りの山地民出身の〈奥仕え〉は信用できないもんだから、おれたちを送り込んで反応を見ようと画策しやがったのさ。おれたちなら、ついでに病のことも探れるしな。――くっそう、あのババア、おれを小石扱いしやがって！　池に投げ込んで波紋《はもん》を見るなんぞ、やってくれたぜ、くそったれが」

マコウカンはあっけにとられて、怒《いか》り狂《くる》っている若主人《モハル》をながめていた。

「……あの、それについて、話してもいいですかね」

つぶやくと、ホッサルは勝手に話せ、というように手をひらひらさせた。

マコウカンは平坦《へいたん》な声で、姉と交《か》わした会話の内容を話した。

ホッサルは食事をしながら黙《だま》って聞いていたが、聞き終わると、大きくため息をついた。

「おまえの姉貴、根っからの〈奥仕え〉だな。おまえが家をおんでた気もちもわかるわ」

「…………」

果実酒の器《うつわ》を手の中で回し、ホッサルは、くるりとまわる酒を見ながら言った。

「おまえは、黒狼熱の一件をユカタの氏族たちの画策だと思っているみたいだが、そうじゃないだろう」

マコウカンは、えっ？　と、目を見開いた。

「なぜです？」

「ユカタの氏族だけの陰謀だったら、聖領はとうにアカファ王を動かして、ボヤのうちに火を消しているよ。御前狩《ごぜんが》りで王幡侯《オウハンこう》の息子《むすこ》を襲《おそ》わせるなんてことを黙って見逃《みのが》すはずがない」

マコウカンは眉根《まゆね》を寄せた。

「では……」

ホッサルはため息をついた。

「ああ、くそ。面倒《めんどう》だな……」

彼の言葉に、扉を叩く音が重なった。

部屋に入ってきた人を見て、マコウカンは我が目を疑った。――分厚い毛皮の衣《ころも》をまとって入って来たのは、カザンの医院にいるはずのミラルだったからだ。

寒そうに頬《ほお》を真っ赤にして入って来るなり、ミラルは、

「ああ、暖かい！　良かった、館《やかた》の中は暖かいのね」

と、言った。

「私だけ先に来ちゃった。顕微鏡《けんびきょう》やなんかが届くのは明後日《あさって》ぐらいかな」

明るい口調でそこまで話してから、ホッサルとマコウカンが啞然《あぜん》として自分を見つめているのに気づき、ミラルは瞬《まばた》きした。

「なんでそんな顔をしているの？」

「……おまえ、なんで、ここへ」

問われて、ミラルの顔から笑《え》みが消えた。

「なんでって、あなたが呼んだから……」

ホッサルの顔が険しくなった。

「呼んだ？　おれが？」

「え……ちがうの？　だって……」

そのとき扉が開いて、初老の男が入ってきた。手に果実酒を提《さ》げている。――アカファ王の懐刀《ふところがたな》のトゥーリムだった。

二　防人《さきもり》の火

「おお、火打鴨《マッカラ》の炙り焼きですな」

トゥーリムは微笑《ほほえ》み、ぶらさげていた果実酒をちょっと持ち上げてみせた。

「持ってきて良かった。それにはこれが合うのです。吹き矢のお詫《わ》びをするには、あまりにもわずかな土産《みやげ》ですが」

ホッサルは無表情にトゥーリムを見つめ、応えなかった。

トゥーリムはホッサルに深々と頭を下げた。

「吹き矢を射かけたのは我らが意図したことではございません。あなた方が東乎瑠《ツオル》の役人と一緒に何かを調べていたことで怯《おび》えた連中が、勝手にしでかしたことです。しかし、彼らを抑《おさ》えられなかったのは私の責任。誠《まこと》に申しわけございませんでした」

チィーン！　と、高い音がした。

ホッサルが小刀で、酒瓶《さかびん》を弾《はじ》いた音だった。小刀をぽん、と食卓に放《ほう》りだし、ホッサルはトゥーリムを見つめた。

トゥーリムは、ふっと息をつき、酒瓶を食卓《しょくたく》に置くと、ミラルに顔を向けた。

「ミラルさん、着いたばかりで恐縮《きょうしゅく》だが、その上着、着たままでいてください」

「……え？」

ホッサルとマコウカンにちらっと目をやって、トゥーリムは言った。

「知りたいことを知らねば、落ち着いて料理も楽しめんでしょう。――お見せしたいものがある。ついて来てください」

トゥーリムに導かれて館の細い螺旋《らせん》階段を上ると、ふいに夜空の下に出た。凍《こお》るような夜風が顔をなぶる。風には雪の匂《にお》いがした。

山の中腹の斜面《しゃめん》を削《けず》って造られているこの館の屋上は、族都《オウタイ》の中でも、かなり高い位置にある。手すりの所まで行くと、彼方《かなた》まで家々の屋根が連なって見えた。

「あそこを見てください。篝火《かがりび》が焚《た》かれている広場を」

トゥーリムが指差したのは、氏族会堂の前にある中央広場だった。

多くの篝火が焚かれ、闇《やみ》の中にそこだけ浮《う》かび上がって見える。多くの人々が群れている気配があり、煮炊《にた》きをしているのか、白い湯気が盛《さか》んに立ち昇《のぼ》っている。

何かが広場の縁にそってびっしりと建てられていた。目を凝《こ》らして見つめるうちに、それが天幕の群れであることがわかってきた。

「あれは東乎瑠の防人《さきもり》たちの天幕です。西のトガ山地の砦《とりで》にいる兵士たちと交代するために、今夜着いたばかりの兵士たちが夕餉《ゆうげ》をとっているのです。

明日《あした》の朝になれば彼らはここを発《た》ち、明後日の夜にはまた別の兵士たちが到着《とうちゃく》する。この時季になると波のように打ち寄せる、防人たちの群れですよ」

夜風になぶられて乱れる白髪《しらが》を押さえながら、トゥーリムは淡々《たんたん》と語った。

「ムコニア王国は近年、冬にアカファへの侵略《しんりゃく》を試みるようになっています。その訳を語っていると長くなるので省きますが、とにかく、東乎瑠軍はこうして西の防衛線へと兵を送り続けている」

トゥーリムは広場に向けている手を、すっとふった。

「兵士が来るたびに、ユカタ山地民たちは彼らに食糧《しょくりょう》と必要な軍事物資を与《あた》えねばならない。毎回、毎回、東乎瑠の兵士たちが通っていく道筋で、人々は租税《そぜい》以外の食糧の供出を迫《せま》られるのです」

篝火を見ながら、トゥーリムは言った。

「私は、東乎瑠を非難しているわけではない。――かつて、東乎瑠がいなかった時代にも、ムコニアとの戦《いくさ》は繰り返されていて、その頃《ころ》は西の氏族の戦士たちが、盾《たて》にならねばならなかった。この地の人々が血を流さねばならない状況《じょうきょう》は、東乎瑠軍が加わった分、いまの方が格段に少なくなっている」

広場に背を向け、ホッサルたちの方を見て、トゥーリムは続けた。

「しかし、東乎瑠がアカファを版図に収めてから、ムコニアの襲撃《しゅうげき》は年々激しさを増していますす。あの手、この手で攻《せ》めてくる」

「……びびっているから、な」

ホッサルがつぶやくと、トゥーリムはうなずいた。

「そうです。ムコニアは恐《おそ》れているのでしょう。東からぐんぐん勢力を伸《の》ばしてきた大国が自分たちの隣《となり》まで来てしまった。食糧も水も武器も永続的に得ることができる安定的な足場を作られてしまった。やがて、必ず、トガ山地を越《こ》えて、東乎瑠が自分たちの国に攻め込んでくる日が訪《おとず》れる、と」

ミラルがふるえているのを見て、トゥーリムはそっとその肩《かた》にふれた。

「ここは寒過ぎますな。中に入りましょう」


さっきの部屋まで戻《もど》ると、食卓の上に、新たに三人分の料理が調《ととの》えられていた。暖炉《だんろ》には薪《まき》が足され、盛んに炎《ほのお》をあげている。ほっとするほど暖かかった。湯気がたっている炙《あぶ》り焼きの前に座り、ミラルとマコウカンに食べるよう促《うなが》してから、ホッサルはトゥーリムを見つめた。

「まわりっくどい説明をしてくれたが、要は、ムコニアの圧力が増したお陰《かげ》で、アカファの辺境部が困窮《こんきゅう》していると言いたいわけか」

トゥーリムはうなずいた。

「ま、つまりは、そういうことです。しかし、それだけではありません。軍備だけではなく、東平瑠が移住民をアカファに入植させたことが、アカファ人の困窮に繋《つな》がっている。

広い土地だ。移住民が来たくらいで……と思われるかもしれませんが、牧草地や畑に向く土地は限られているわけですから、そこを占領《せんりょう》されてしまえば、当然、その分、実りを得られなくなる人々が現れる。その上、移住民は税の負担は軽く、アカファ人には税の軽減措置《そち》はない」

苦笑《くしょう》して、トゥーリムは言った。

「正直に申し上げれば、東平瑠帝国《ていこく》の属領になっていること自体は、軍事的にも経済的にもありがたいことではあるのです。彼らに叛旗《はんき》を翻《ひるがえ》すような気もちは毛頭ありません。ただ、移住民は我らにとって重荷なのですよ。もちろん、ムコニアの連中が一番邪《じゃ》魔《ま》ですが、移住民もね、かなり邪魔ではあるのです」

ホッサルは眉《まゆ》をひそめた。

「だから？」

すぐには応《こた》えず、トゥーリムは酒瓶の栓《せん》を抜《ぬ》き、ホッサルとミラルの杯《さかずき》に、うす赤い果実酒を注《つ》いだ。自分の分も注いでから、マコウカンに、自分で注げ、と渡《わた》した。

「……あるとき、ひとつの事件が起きました。偶発《ぐうはつ》的なもので、意図したものではなかったようですが」

トゥーリムはホッサルを見た。

「あなたが探《さぐ》っておられた毒麦事件ですよ。あのとき、私は部下を差し向けて詳細《しょうさい》を調べさせました。ですから、〈黒狼熱《ミッツァル》〉が再び現れたのかもしれないということは、あの時点で、私たちにはわかっていたのです。オタワルの〈奥〉にはお伝えしませんでしたが」

杯の縁を指で撫《な》でながら、トゥーリムは唇《くちびる》をゆがめた。

「ご存知かどうか知りませんが、我々は〈黒狼熱〉という病の名を聞くと、神々に祝福をされたような気分になるのですよ」

ホッサルの視線が揺《ゆ》れた。はじめて、その目に、いわく言い難《がた》い表情が浮かんだ。

「あなた方オタワルの貴人方にとっては忌《い》まわしい病でしょう。だが、私たちアカファ人にとっては、自分たちの故郷を解放してくれた素晴《すば》らしい病ですからね。

むかしから、北西の山々にすまう美しい黒狼《こくろう》は、神々の使いだと言われておりましたが、彼らが運んだ病は、オタワル人は殺しても、私たちは殺さなかった」

静かな微笑《ほほえ》みを浮かべてトゥーリムは杯を持ち上げ、一口、果実酒を飲んだ。

「ですから、毒麦事件が起きたときも、私たちはさして気にしなかったのですよ。移住民は死んだが、犬を飼っている火馬の民には死者は出なかったのでね。むしろ、なにかの吉兆《きっちょう》であるような気がしたものです。とはいえ……」

杯を置いて、トゥーリムはホッサルを見つめた。

「私たちは過剰《かじょう》な期待はしていませんでした」

カシャ、と小さな音を立てて、薪が燃え崩《くず》れた。

「あの事件で、火馬の民がユカタ平原から追放されたとき、私は、彼らを四方の氏族へ受け入れてもらえるよう奔走《ほんそう》したのですよ。……哀《あわ》れでしたよ。号泣《ごうきゅう》している人々を故郷から追わねばならなかったあの時は、本当につらかった。アカファ岩塩鉱を東乎瑠に取り上げられたときの、身が二つに剝《は》がされるような痛みを思いだしましたよ。——ああいう気もちは、経験がある者にしかわからんでしょう」

ホッサルが眉をひそめた。

「……で？　彼らに同情して、彼らの陰謀《いんぼう》に乗った……なんていう、くだらない話ではないのだろう」

トゥーリムは苦笑した。

「無論。言ったでしょう、過剰な期待はしていなかったと。——火馬の民の族長が、密《ひそ》かに私の所に訪れて、キンマの犬を使えば東乎瑠を追いだせる、見事に東乎瑠をこの地から追い払《はら》って、アカファをアカファ王の手の中に戻したら、自分たちを故郷に帰してくれるか、と持ちかけてきたときも、私たちは彼らの苦難に同情はしましたが、言質《げんち》は与えなかった。

黒狼熱を宿しているといっても、たかが数十頭ほどの犬ですよ。期待など、出来ようはずもなかった。……アカファ岩塩鉱の事件が起きるまでは」

トゥーリムは笑《え》みを消した。

「数頭のキンマの犬でどれほどのことが出来るか見せよう、と彼らは言いました。さしたることはできまい、と私は思いましたよ。岩塩鉱の内部の構造は、誰《だれ》よりも詳《くわ》しく知っています。──あなた方もご覧になったでしょう。天通坑《てんつうこう》を下りない限り、地下の複数の坑道へは行かれません。犬が梯子《はしご》を使えるはずもない。……だが」

地の底まで通じているような、巨大《きょだい》な縦坑を思い出して、マコウカンはふと、鳥肌《とりはだ》が立つような思いに囚《とら》われた。──本当に、犬があの惨事《さんじ》を引き起こしたのだとしたら、キンマの犬とやらは、あの縦坑をくだって行ったことになる。

「天通坑を下ったのですよ、キンマの犬たちは。あれを放った犬使いは、事もなげに言ったものです。彼らは梯子と壁《かべ》を交互《こうご》に跳《は》ねながら、遥《はる》か最下層まで下って行ったと」

ホッサルの顔にも真剣《しんけん》な色が表れていた。

「あの日……あなた方と一緒《いっしょ》に坑道を見に下りたとき、私は自分の表情が変わっているのを見抜《みぬ》かれるのではないかと、ずっと不安でした。なにしろ、心から驚《おどろ》いていましたから。

放たれたのは、わずか五頭ですよ。わずか五頭の犬が、あれだけの人々を皆殺《みなごろ》しにしてしまった。——そして」

「……トガ山地民だけが、生き残った」

ホッサルが言うと、トゥーリムはうなずいた。

「そうです。かつて黒狼が多くいたトガ山地。あの辺境の地生まれの戦士〈欠《か》け角《つの》のヴァン〉だけが、嚙《か》まれてなお生き残った」

トゥーリムが口を閉じると、薪が燃える小さな音だけが部屋に響《ひび》いた。

「そいつが、あの後生き延びたかどうかはわからんだろう」

ホッサルがつぶやいた。

「スルミナさんは、あの病に耐性《たいせい》があったようだが、あのまま新薬を打たなかったら、あの後、病状が悪化しなかったかどうかは不明だ。潜伏《せんぷく》期間が長くなるだけで、結局発症《はっしょう》して、同じ経過を辿《たど》ったのかもしれないんだ」

トゥーリムが、ふっと微笑んだ。

「生きていますよ、〈欠け角のヴァン〉は」

えっ？　と、マコウカンは、思わず身を乗りだした。

「あなたは奴《やつ》を見つけだしていたのか？」

トゥーリムはマコウカンをちらっと見たが、それには答えなかった。

そして、ひとつため息をつくと、ホッサルに目を戻《もど》した。

「話が長くなりすぎましたな。——要は、あの岩塩鉱の一件以来、私たちは〈キンマの犬〉の力を真剣に検討してみる気もちになったのです。そして、〈火馬の民〉が考えているのとは、少し違《ちが》う可能性があるのではないか、と気がついた」

ホッサルは眉根《まゆね》を寄せた。

「……可能性？」

トゥーリムは静かに言った。

「戦《いくさ》をせずに、この地をムコニアと東乎瑠から解放できる可能性、ですよ」

ホッサルが眉を上げた。わずかに口をあけ、トゥーリムを見つめている。

「ムコニア人も、あの犬たちに噛まれれば死ぬのです。私たちは、あの犬たちを奇襲《きしゅう》作戦に紛《まぎ》れ込ませて、そのことを確かめたのですよ。ムコニア人にとっても東乎瑠人にとっても、あの病は凄《すさ》まじく恐《おそ》ろしい死に至る病であるのなら……」

ホッサルが顔を歪《ゆが》ませ、吐《は》きだすように言った。

「アカファを、恐ろしい疫病《えきびょう》が蔓延《まんえん》している病《や》んだ土地にして、彼らが自らこの地から去るように仕向けようと思ったわけか！……なんという愚《おろ》かなことを」

拳《こぶし》を握《にぎ》りしめ、ホッサルはトゥーリムを睨《にら》みつけた。

「病に絶対はないんだぞ。いきなり病毒の性格が変わることだってあるんだ。そんなことをすれば、この先……」

トゥーリムがその言葉を遮《さえぎ》った。

「わかっています。──我らは甘かった。それはもう、充分《じゅうぶん》わかっているのです。だから、あなた方をここへ招き、事の経緯《いきさつ》を打ち明けたのです」

トゥーリムはかすかに苦笑《くしょう》を浮《う》かべていた。

「我々は微妙《びみょう》な立場に置かれております。東平瑠に対しても、そして、あなたをここへ遣《つか》わして事の真相を探っておられるオタワルに対しても」

ホッサルは鼻を鳴らした。

「そうだろうよ。ま、自分で嵌《はま》った土壺《どつぼ》だけどな」

そう言ってから、ぐっと目を細めた。

「つまり、おれに黙《だま》っていろってか。オタワルが日和見《ひよりみ》するのが怖《こわ》いわけだ。アカファがまずいことをしでかしたら、あっさりアカファを見捨てて、東平瑠に良い顔をするかもしれぬと思っているわけだ」

トゥーリムは首をふった。

「オタワルの貴人方に告げていただくのは構いませんが、我らの立場に配慮《はいりょ》していただけるような話し方をしていただきたい、ということです」

　言いながら、トゥーリムは苦笑した。

「私たちはオタワルの貴人方のことを、よく存じております。事情をしっかりとお伝えいただければ、来年の春が無事に過ぎるまでは、事を表沙汰《おもてざた》にしない方が無難だと、おわかりいただけるでしょう」

「来年の春？」

　聞き返して、すぐに、ホッサルは、ああ、という顔になった。

「〈玉眼来訪《ぎよくがんらいほう》〉か。……なるほどな」

　東乎瑠の皇帝《こうてい》は、支配している土地の隅々《すみずみ》まで監視《かんし》するために、己《おのれ》の目の代わりとなる者を定期的に派遣《はけん》してくる。来年の春には、このアカファ地域にも、皇帝の甥《おい》が、いわば、皇帝の目として訪《おとず》れることになっている。

　今回は、選帝侯《せんていこう》として大きな力をもつ王阿侯《おうあ》が随行《ずいこう》するということだし、与多瑠《ヨタル》たちは今頃《いまごろ》、彼らを迎《むか》えるために細心の注意を払って準備を調《ととの》えているだろう。

　支配している辺境地域の経営に、見過ごしにできぬ瑕疵《かし》が見つかれば、王幡侯《オウハン》は総督権《そうとく》を取り上げられて、失脚《しっきゃく》する。三年に一度の〈玉眼来訪〉は、彼らにとって、自分たちの未来を左右する大切な行事だ。

　ホッサルはため息をついた。

「この時機を狙《ねら》っていたわけか」

「……ええ。火馬の民たちの企《たくら》みでは、絶好の機会とされています」

「まずい時機に、狂《くる》った奴らの手に、とんでもない凶器《きょうき》が握られているわけだ」

トゥーリムがうなずいた。

「王のお気持ちも固まってきております。彼らを止めるのは、我らの役目となりましょう」

わずかに身を乗りだして、トゥーリムはホッサルを見つめた。

「しかし、病が相手では、どう事態が動くか、我々にも摑《つか》めない部分がございます」

ホッサルは苦笑して首をふった。

「黒狼熱の特効薬を来春までに作れってか？ そりゃ無理だ。薬の開発ってのは、そんなにすぐに出来るもんじゃない」

「それは存じております。来春まで、と期限を区切るわけではございません。ただ、その薬を作ることが出来る方がおられるとしたら、貴方《あなた》さまとミラルさまはじめ、オタワルの貴人方以外にはおられない」

トゥーリムは低い声で言った。

「我らが、ほんのつかのま、愚かな夢を見て野に放ってしまった病が、この先長く人々を苦しめるとしたら、いくら後悔《こうかい》をしてもしきれません。——どうか、お力を貸してください。愚かな我々のためにではなく、この地に暮らすすべての人々のために」

三　〈沼地の民《ユスラ・オマ》〉の郷《さと》

寝間《ねま》の暖炉《だんろ》にも火が入っており、部屋の中は充分に暖められていた。几帳面《きちょうめん》に畳《たた》まれているホッサルの衣《ころも》の脇《わき》に、自分の衣をゆるく畳んで置き、ミラルは寝台《しんだい》に向き直った。

ホッサルは仰向《あおむ》けで天井《てんじょう》を見つめていたが、ミラルが毛布を持ち上げて滑《すべ》り込むと、いつもやるように腕《うで》をそっとミラルの腋の下から差し入れて、抱《だ》きしめてくれた。互《たが》いの素肌《すはだ》の温かさを感じ、ミラルは吐息《といき》をついた。

ホッサルのうなじの匂《にお》いが好きだった。すっぽりと抱きしめられて、うなじに鼻をつけていると、幼子にもどったような安らぎを感じる。

「……わるかったな」

くぐもったつぶやきが聞こえた。

「なにが？」

ちょっと間をおいて、ホッサルは言った。

「トゥーリムの人柄《ひとがら》を読み違えた。冷徹《れいてつ》な男だってことはわかってたんだ。だけど、おまえを巻き込むほど冷酷《れいこく》だとは思っていなかった」

ミラルは黙って、ホッサルのわずかに汗ばんでいる首筋に唇をつけた。しばらくそのままでいたが、そうするうちに胸の中でもやもやしていたものが形になってくれたので、口をひらいた。

「私はけっこう嬉《うれ》しかったな」

ホッサルはわずかに身体《からだ》を離《はな》し、顔を覗《のぞ》き込んできた。眉根《まゆね》を寄せている。

ミラルは苦笑した。

「トゥーリムさん言ってたでしょ、私に調べて欲しいことがあるって。つまり、私は、ただ、あなたへの重石《おもし》として連れてこられただけじゃなくて、知見を買われたわけよね。黒狼熱《ミッツァル》の治療《ちりょう》方法を探《さぐ》るためには、これは貴重な機会だし、それに」

ホッサルの額に額をつけて、ミラルはつぶやいた。

「こうして、あなたといられる。……待つ身の辛《つら》さなんて、あなたは考えてみたこともないでしょうけど」

ホッサルは何も言わなかった。いつも、こうだ。互いの気もちを確かめるような場面になると黙ってしまう。

この人はそういう人なのだ。それに身分も違《ちが》い過ぎる。この先、子どもをつくれる間柄《あいだがら》でもない。そういうことをすべて承知の上で、こういう関係になって、もう何年経《た》つだろう。

ミラルはため息をついた。

（……しょうがない）

こういう男を好きになったのだ。愚痴《ぐち》っても仕方がない。

そっと唇に唇をつけると、ややあってホッサルも口づけをかえしてきた。

かすかに屋根をたたく湿《しめ》った音がする。雨が降りはじめたようだった。

＊

夜半から降りはじめた雨は朝には止《や》み、東乎瑠《ツオル》の防人《さきもり》たちが出立する頃《ころ》には、雲も切れて、明るい陽射《ひざ》しが族都《オウタイ》をつつんだ。

族都の裏門を出て山道を下りながら、トゥーリムはふり返ってミラルを気遣《きづか》った。

「昨夜《さくや》の雨で足元がかなりぬかるんでいますな。この先はもっと足場が悪くなりますので、滑らぬよう気をつけてください」

ホッサルがちらっとマコウカンを見上げ、顎《あご》をしゃくった。

「ミラルの脇についてろ。滑りこけそうになったら、支えてやれ」

マコウカンは眉根を寄せた。

「あなたが支えて差し上げた方が良いような気がしますが」

ホッサルは鼻を鳴らした。

「おれがあいつを支えられるもんか。あいつはけっこう、重いんだ」

ミラルがふり返って、ホッサルを睨《にら》んだ。

「聞こえてるわよ」

ホッサルはぶすっとした表情で言いかえした。

「聞こえるように言ったんだ」

ふたりのやり取りを聞きながら、マコウカンはぼんやりと、若主人《モハル》はミラルといると子どもっぽくなるな、と思っていた。

ミラルも、どちらかというと童顔だし、小柄《こがら》だが、子どもっぽい、という感じはしない。むしろ、時折、はっとするほど老成して見えることがあった。

ホッサルを見ているときの、その目に浮《う》かんでいるものを見るたびに、ああ、この人は、本気でホッサルを愛しているのだな、と思う。身分が違い過ぎる、つきあうには難しい、ひねくれたところのあるこの若者を、この人は心から愛している。すべてを胸の奥に隠《かく》して、いつも、明るい笑《え》みを浮かべている。

だからだろう。その横顔を見ていると、ときどき、つらくなる。

トゥーリムは軽い足取りで山道を下って行く。

（……沼沢地《ユスラ》へ行くつもりか）

ユカタ山地の縁《ふち》に点在する沼沢地は足を踏《ふ》み入れるには危険な場所だったし、〈沼地の民《ユスラ・オマ》〉の領域だったから、子どもの頃は、こちらの道を下ることはめったになかった。

〈沼地の民〉は〈火馬の民《アファル・オマ》〉の下層民で、彼らの召使《めしつか》いのように扱《あつか》われている人々だった。

（あの事件のあとも、彼らは故郷に留《とど》まれたのか）

そうかもしれない。もともとあまり目立たない人々だ。いまも、ひっそりと沼沢地で暮らしているのだろう。

鳥の群れが鳴きかわしながら、空を渡《わた》って行く。

その声を聞いて、ふと、子どもの頃、父と祖父に連れられて沼沢地へ鴨《かも》を狩《か》りに行ったことを思い出した。

あのとき、確か、〈沼地の民〉の若者が案内をしてくれた。彼らは、そういう仕事をして、いくばくかの報酬《ほうしゅう》を得ていたのかもしれない。

水の匂いと、湿った泥《どろ》の匂いがつよくなり、やがて、一面の沼沢地が姿を現した。

風が強い日には黒く見える水面《みなも》も、今日は穏《おだ》やかで、朝の光にちらちらと輝《かがや》いている。

トゥーリムは何度も来ているらしく、巧《たく》みに沼沢地の縁の細道を抜《ぬ》けて、集落へと入って行く。

犬が吠《ほ》える声がしたので、マコウカンは思わず剣《けん》の柄《つか》に手をやったが、手前の家から出てきた男が一声かけると、駆《か》けてきた犬たちはぴたっと止まり、低く唸《うな》りながらも、それ以上近づいては来なかった。

トゥーリムを見ると男は深く頭を下げて腰《こし》をかがめ、どうぞ、という仕草をした。家々から女や子どもらがでてきて、じっとこちらを見つめている。見つめているだけで、まったく何もしゃべらず、子どもらでさえ沈黙《ちんもく》を守っていた。

トゥーリムが向かったのは、集落の外れに、ぽつんと立っている小屋だった。粗末《そまつ》な木の戸を引き開けると、薄暗《うすぐら》い中に人の気配があった。

トゥーリムに続いて足を踏み入れて、マコウカンは顔をこわばらせた。——床《ゆか》に敷《し》かれた薄汚《うすぎたな》い寝具《しんぐ》の上に、ひと目で病《や》んでいるとわかる女が横たわっていたからだ。その奥には莚《むしろ》をかけられた遺体とおぼしきものがあった。

ホッサルとミラルも目の前の光景に胸を突《つ》かれた様子で顔を曇《くも》らせたが、ホッサルはすぐにトゥーリムをふり返るや、押し殺した声で言った。

「……馬鹿《ばか》者！　病人がいるなら、なぜもっと早く知らせなかったのだ！」

トゥーリムは暗い顔で応《こた》えた。

「申しわけありません……」

ミラルが懐《ふところ》から布をだし、ホッサルに渡した。ホッサルは無言で口と鼻を覆《おお》った。

ミラルから布を渡されて、マコウカンは顔をしかめた。

「黒狼熱は、人から人へは移らないのでは？」

ミラルは首を横にふった。

「まだ確かなことは何もわかっていないし、変異をしている可能性もあるわ。それに、病んでいる人は身体が弱っているから、私たちが風邪《かぜ》などを移してしまうといけないでしょ」

「ごたごた言ってないで、とにかくつけろ」

苛立《いらだ》たしげにホッサルは言い、蹴《け》るようにして長靴《ながぐつ》を脱《ぬ》いで床にあがると、ミラルとともに病人を診《み》始めた。

女は脈をとられても反応しなかった。その肌《はだ》にはあの黒狼熱の特徴《とくちょう》である、紫《むらさき》がかった発疹《ほっしん》がびっしりと浮かんでいる。

ホッサルは病人の傍《かたわ》らに膝《ひざ》をついたまま、トゥーリムを見上げた。

「この人は、いつ、犬に嚙《か》まれたんだ？」

トゥーリムはホッサルを見つめて、口を開いた。

「犬に嚙まれてはいないのだそうです」

ホッサルは目を見開いた。

「じゃ、他《ほか》の獣《けもの》に噛まれたのか？　狼《おおかみ》か、山犬《オッサム》かなにか」

「いいえ。それが、獣に噛まれてはいない、ということなのですよ」

ホッサルとミラルの顔が、傍目《はため》でもはっきりわかるほど青ざめた。

彼らはちらっと目を見合わせて、病人から身を離《はな》した。

その仕草を見て、トゥーリムが言った。

「虫の心配をしておられるなら大丈夫《だいじょうぶ》です。殺虫鉱粉《ミキム》を念入りに撒《ま》かせましたから」

ホッサルは眉《まゆ》をひそめて、唇《くちびる》を結んだ。そして、ミラルにうなずきかけ、女を彼女に任せて、自分は奥の遺体の方に行き、莚を慎重《しんちょう》にはぎ、その衣《ころも》をはだけて、念入りにその身体《からだ》を調べはじめた。

やがて、ミラルがつぶやいた。

「……いたわ」

病人の脇腹《わきばら》を指差している。ぱっと見た瞬間《しゅんかん》は黒子《ほくろ》に見えたが、よく見ると、それはダニだった。血を吸って丸々と大きくなった野ダニだ。

こいつは肌に嚙みつくと七日や十日は離れない。思う存分血を吸うと、自然に離れるが、下手《へた》に引っ張って取ろうとすると、顎だけが肌に食い込んで残り、膿《う》んでしまうので厄介《やっかい》なのだ。

この野ダニは吸いついている間に殺虫鉱粉をふりかけられて死んだのだろう。ミラルが立ち上がった。真っ青な顔をしている。何も言わず、足早に小屋の外に出て行ってしまった。

マコウカンは後を追って小屋を出た。

ミラルは小屋に背を向けて、陽《ひ》だまりに立っている。その身体が小刻みにふるえていた。

声をかけようとしたとき、ホッサルが小屋から出てきて、すたすたとミラルに歩み寄った。

ミラルがホッサルを見上げ、唇をふるわせて、つぶやいた。

「……どっちだと思う？」

ホッサルが首をふった。

「病人を診ただけでは、わからないな。村人の話を聞こう」

ミラルは瞬《まばた》きをし、大きく息をついた。その頬《ほお》に少し血の色が戻《もど》りはじめていた。

「そうね。怯《おび》えてる場合じゃないわね。むしろ、これは大きな手掛《てが》かりになるかも」

マコウカンが尋《たず》ねたい気もちを抑《おさ》えて黙《だま》っていると、ミラルが気づいて、

「病因の手掛かりよ」

と、言った。

「犬ではなくダニに嚙まれた人が黒狼熱によく似た症状《しょうじょう》を示している。となると、黒狼熱の病素は、もともとはダニの中にいて、ダニに嚙まれた犬が、ダニから病素を移されたのかもしれない」

トゥーリムも小屋から出てきて、じっと話を聞いている。

「ただ、他にもふたつ考えなくてはならないことがあるのよ。犬を介《かい》さずに、ダニから直接人に移ったのか。それとも、黒狼熱の宿主になっている犬の血を吸ったダニが人を嚙んで、それで人に移ったのか」

ホッサルが言葉を継《つ》いだ。

「前者であるなら、これまでも多数、黒狼熱に罹《かか》った人がいたはずだ。これまではいなかったのに近年初めて現れたとするなら、その理由はなにか。そして、これまで発《はっ》症《しょう》しなかった理由はなんなのか。――そういうことを探《さぐ》ることができたら、あの病の治療《ちりょう》法に繫《つな》がる手がかりが見つかるかもしれない」

その声には抑えきれぬ興奮の響《ひび》きがあった。

ホッサルはトゥーリムを見つめた。

「まずはとにかく、あの人の治療に専念する。だが、後で、そういう話を村人から聞くことはできるか？」

トゥーリムはうなずいた。

「そのために、ここへお連れしたのです」

そして、声を低めた。

「正直なところ、話を聞きだすのはかなり難しいかもしれません。彼らは、火馬の民同様、キンマの神を信じています。あの病を発症したということを、神罰《しんばつ》と捉《とら》えている節がある。だから、病人を看病もせずに、こんな小屋に放置しているのですよ。しかし、彼らも怯えていますので、治す方法を探すためだと言えば、きっと、口を開いてくれるでしょう」


ホッサルとミラルが小屋の中に戻り、トゥーリムが入って行っても、マコウカンはどうも小屋の中に入る気になれずに、陽だまりのもとで佇《たたず》んでいた。

もともと病人のそばにいると気がめいる性質《たち》なのだ。だが、そんなことを言ってもいられない。

ため息をついて小屋の方に足を踏《ふ》み出そうとしたとき、ふと、目の端《はし》に動くものを見たような気がして、マコウカンはそちらを見た。

小屋の脇《わき》に大きな水瓶《みずがめ》が置かれている。

その水瓶の後ろから、小さな顔がのぞいていた。目が合ったとたん、顔は、ぱっと後ろに引っ込んでしまった。

そうっと近寄って、水瓶の上から後ろを見下ろすと、幼い女の子が膝をかがめてしゃがんでいた。マコウカンの気配に気づいたのだろう。頭をまわして、こちらを見上げ、とたんにしぶい顔になった。

「……みちゃ、らめ！」

舌がよくまわっていないが、なんだか偉《えら》そうに怒《おこ》っている。

「そんなところで何しているんだ」

声をかけると、女の子は大袈裟《おおげさ》に顔をしかめ、シーッと指をたてた。

「かくれちぇるのよ！　みちゃらめ！」

マコウカンは思わず笑いだしてしまった。

「わらわないにょ！」

女の子はますます怒っている。

ふと、あることを思いついて、マコウカンは笑《え》みを消した。

「ここに、お母さんがいるのか？」

女の子は、ぶんぶん首をふった。マコウカンはほっとして、顎《あご》をなでた。

「ちがうのか。——じゃ、どこの子だい？」

女の子は困ったような顔でマコウカンを見上げたが、答えなかった。

つやつやかな赤いほっぺたを、ぷんぷくりんにふくらませているのがかわいかった。

「名前は、なんていうんだい？」

やさしい声でたずねると、女の子は、ふいに泣きそうな顔になって、小さな声で答えた。

「……ユナちゃ」

四　飛鹿《ピュイカ》の〈暁《オラハ》〉

どこかで雪が落ちた音がした。

今日はこの季節にしては随分《ずいぶん》暖かい。木々の枝に積もった雪が昼の陽射しに暖められて、森のあちこちで、パサ、パサ、と小さな音をたてて溶《と》け落ちている。

前を行く義兄《あに》と、火馬の民《アファル・オマ》の族長オーファンの背に、木洩《こも》れ陽《び》がちらちらとゆれていた。

オーファンが義兄の方を向いたので、その声がはっきりと聞こえた。

「……では、ザカト峡谷道《きょうこくみち》だな？」

義兄のザッカがうなずいた。

「ああ、まず間違《まちが》いないだろう。一昨日《おととい》、ザカト氏族の者たちが、連中の橇《そり》の跡《あと》をみつけたと伝令を飛ばしてきた。今日中にはどこまで来ているか特定できるだろう。巧《こう》妙《みょう》に隠《かく》してはいるが、他《ほか》のふたつの峡谷道の痕跡《こんせき》にはない、重量のかかった橇跡があったそうだ」

オーファンが興奮を抑えきれぬ様子で、掌《てのひら》に拳《こぶし》をうちつけた。

「ようやくだな。ようやく、ザカトに来たか！」

オーファンとザッカの後を、火馬の民の戦士たちが黙々《もくもく》と歩いている。その中に交じって歩きながら、ヴァンは義兄の後ろ姿を複雑な思いで見ていた。

義兄と再会してから半月、火馬の民の集落で過ごすうちに、ヴァンは、故郷の民《たみ》と火馬の民が、意外にも、かなり深く結びついていることを知ることになった。

火馬の民は、ユカタ平原を追われたあと、アカファ王の采配《さいはい》によって十数家族ずつに分けられ、各地に分散して移住したのは知っていたが、流れ流れて、最終的にトガ山地に身を寄せたオーファンたちを引き受けたのが、ガンサ氏族だったとは、運命の糸のもつれの奇妙《きみよう》さを思わずにはいられなかった。

「東乎瑠《ツオル》とのあの長い戦《いくさ》で、おれたちは、おまえのような老練な戦士を多く失ってしまったからな」

再会した朝、天幕の中で朝食を食べながら、義兄は言った。

「頼《たよ》りになる戦士が減った上に、ムコニアの侵攻《しんこう》が異常に増えていて、おれたちは休む暇《ひま》もない。さすがに、疲《つか》れたよ。

奴《やつ》らが侵入《しんにゆう》して来るたびに東乎瑠の防人《さきもり》たちに伝令を飛ばすんだが、連中は、ぎりぎりになるまで助勢に来ない。おれたちを盾《たて》にして、おれたちの力は削《そ》ぎ、東乎瑠の兵力は出来るだけ温存したい、というわけだ」

義兄は苦い笑みを浮《う》かべた。

「だから、火馬の民を引き受けたのは、おれたちにとって不利益じゃなかった。彼らは勇猛《ゆうもう》な戦士だし、それこそ命を賭《か》けておれたちと共闘《きょうとう》してくれるからな。いまじゃ、おれたちは義兄弟みたいなもんさ。

彼らには彼らの損得勘定《かんじょう》はあるんだろうが、彼らの望みは結局のところ、おれたちの望みと同じ方向を向いているわけだしな」


オーファンたちは、はじめはトガより南の山地民に引き受けてもらっていたのだが、やがて、些細《ささい》なことから彼らと諍《いさか》いになり、東平瑠に恭順《きょうじゅん》したばかりのガンサ氏族のもとへ移ってきたのだという。

それからというもの、ガンサ氏族はオーファンたちと共に様々な策を練り、共に戦ってきたのだと、義兄は言った。

火馬の民が引き受け元の氏族と共に戦うのは当然のことなので、東平瑠軍の目をかすめて策を練るのは、さして難しくない。そこがありがたいところだ、と、義兄は笑った。

（……ということは）

アカファ岩塩鉱を襲《おそ》ったあの一件を、故郷の身内たちも知っていた可能性もある。

義兄《あに》はそのことには触《ふ》れなかったが、死に損《そこ》ねて奴隷《どれい》に落ちたヴァンが、キンマの犬に嚙《か》まれて死んだとしても、地獄《じごく》のような岩塩鉱で苦しみ続けているよりはましだと思ったのかもしれない。

そう思ったとき、ふと、あることが頭に浮かび、ヴァンはかすかに顔を曇《くも》らせた。

（ユナを攫《さら》うような手の込んだことをさせたのは、義兄上たちの入れ知恵《ぢえ》か……？）

義兄はヴァンが病を憎《にく》んでいることをよく知っている。

たとえ、故郷を取り戻《もど》すための戦いだとしても、病を武器にすると知ったら、協力を拒《こば》むかもしれぬ、と、オーファンたちに告げていた可能性は、ないとはいえなかった。

ホキの大木の下まで来ると、義兄が足を止めた。

オーファンたちも足を止めて、静かに義兄がやることを見守っている。

義兄は口元に手をあてた。そして、森の奥へ向かって、プォオオ～ッと見事な〈鹿《しか》呼び〉の声を上げた。

ほどなくして藪《やぶ》がざわめき、飛鹿が駆《か》け寄ってきた。真っ直《す》ぐに義兄に駆け寄るや、義兄に脇腹《わきばら》をこすりつけている。

ヴァンは目を細めて、古馴染《ふるなじみ》の飛鹿を見つめた。

「元気そうだな、〈夕雲《マッフ》〉は」

つぶやくと、義兄は顔をあげてヴァンを見た。

「おまえも、呼んでみろよ」

ヴァンは、はっと義兄を見た。

「……まさか」

義兄は微笑《ほほえ》んだ。

「その、まさかだ。今日〈暁《オラハ》〉を連れて来させた。呼んでやれよ。やつは、火馬の民に慣れてないからな。出て来ようかどうしようか、迷っているところだろう」

ヴァンはぐっと歯をくいしばった。つかのま目をつぶり、そして目を開けると、口元に手を当て、思い切り息を吸って、〈鹿呼び〉を発した。

とたんに、藪がざわざわと揺《ゆ》れ始め、見事な枝角が現れた。

木洩れ陽を背負って飛鹿が駆けてくる。その姿を見たとたん、ヴァンは鼻の奥が熱くなるのを感じた。

涙《なみだ》があふれ、懐《なつ》かしい飛鹿の姿が滲《にじ》んだ。

あのカシュナ河畔《かはん》の戦場に散った長年の相棒〈雷雲《リアフ》〉の仔《こ》、〈暁《オラハ》〉。夜明けに生まれたこいつに初めて触れたのは、まだ、こいつが母鹿の羊水に濡《ぬ》れていたときだった。

故郷に残して旅立ったとき、〈暁〉はその顔に幼さを残す若鹿だったが、いまはもう、堂々たる体躯《たいく》の牡鹿《おじか》だ。

藪から駆け寄って来たものの、ちょっとためらうように立ち止まり、黒い瞳《ひとみ》を光らせて、じっとヴァンを見つめている。

「……〈暁〉」

声をかけて、ピチッと舌を鳴らすと、その耳がぴくっとうごいた。

甘えた声を立てながら近づいてきて、長《なが》の不在を咎《とが》めるようにちょっと鼻先でこづいてから、首を胸にすりつけてきた。

その匂《にお》いを嗅《か》ぎ、背と首を撫《な》で、胴《どう》に腕《うで》をまわして、ヴァンは喉《のど》をふるわせた。止めようもなく涙があふれて、頬《ほお》を伝っていく。

「……でかくなったな、〈暁〉。おまえ、親父《おやじ》そっくりになったじゃないか」

義兄とオーファンたちが温かい微笑みを浮かべている。

「乗ってやれ」

義兄に声をかけられて、ヴァンは、ふっと笑い、身を翻《ひるがえ》して〈暁〉に跨《また》がった。

手に足に馴染《なじ》んだ感覚が蘇《よみがえ》り、ヴァンはぐいっと脚《あし》で〈暁〉の胴をしめ、走るようにうながした。

弾《はじ》けるように〈暁〉が駆けだした。木々を見事に避《さ》け、ぐんぐん駆けていく。

鹿は雪に弱い。

飛鹿の蹄《ひづめ》は大きく開くので、他《ほか》の鹿よりは遥《はる》かに雪に強いが、それでも雪の深い場所では足が沈《しず》んで走りにくくなる。だから、雪の上を駆けさせるにはコツがいるのだ。考える間もなくその勘《かん》が戻ってきて、ヴァンは良い足場を瞬時《しゅんじ》に見分けながら駆ける〈暁〉の動きに合わせて微妙《びみょう》に体重を移動させながら、〈暁〉を駆けさせた。

これだ、と、思った。

この速さ、この音、この振動《しんどう》。このすべてを愛してきたのだ、と。

枝に絡《から》まぬよう角を背負った飛鹿の、その両の角の間に顎《あご》をつけると、自分の視界が飛鹿の視界と重なる。

おなじ風景を見、おなじ匂いを嗅ぎ、ともに風を受けながら、ひとつの身体《からだ》になって駆けて行く。

藪を跳《と》び越《こ》え、木々の間をすりぬけ、義兄たちのもとへ戻ってくると、オーファンたちがぽかん、と口を開けていた。

「……すげぇな」

目を輝《かがや》かせて、オーファンがつぶやいた。少年のように頬が紅潮している。

「あんたが言ってたこと、話半分に聞いてたが……とんでもねぇや」

「速いだろう」

言うと、オーファンはうなずいた。

「速い。それに、なんという機敏《きびん》さだ」

義兄をふり返って、オーファンは言った。

「これまで随分《ずいぶん》と飛鹿乗りを見てきたが、こんなのは初めて見たよ。飛鹿ってのは、こんな風に走れるのか」

義兄の顔に苦笑《くしょう》が浮かんだ。

「こいつは別格だよ。ヴァンのように乗れる奴《やつ》は、残念ながら、いま、うちの氏族にはいない」

義兄は、ため息をついた。

「こいつみたいに雪の上を自在に駆ける戦士が多くいた頃《ころ》は、たとえ冬でも、ガンサの土地にムコニアの奴らが入って来るようなことはなかった。——奴らに足元を見透《みす》かされているかと思うと、腸《はらわた》が煮《に》える」

オーファンがうなった。

「なるほどな。いま、はじめて納得《なっとく》したよ。〈独角《どっかく》〉は雪で凍結《とうけつ》した断崖絶壁《だんがいぜっぺき》でも駆け下りたと聞いたときは、正直、それはありえんだろう、と思ったものだが……」

ふたりの会話を聞きながら、ヴァンはぼんやりと故郷の事情が見えて来るのを感じた。

かつては、ムコニアの兵士が冬にトガ山地に侵入《しんにゅう》してくるなど、まず、ありえなかった。峠道《とうげみち》は凍結して越えられず、かといって、峡谷《きょうこく》を縫《ぬ》う谷筋の道を辿《たど》ろうとすれば、飛鹿乗りに上から矢を射かけられるからだ。

かつてムコニアが頻繁《ひんぱん》に進軍してきたのは、トガでも南部の大河沿いの草原道だったが、いま、その辺りには東乎瑠軍が延々と石の防壁《ぼうへき》を築き、砦《とりで》を複数造ったと聞いている。

ムコニア軍は、夏には馬、冬には仔牛ほどもある巨大《きよだい》な犬に曳《ひ》かせた橇《そり》で攻めてくる。腰《こし》の丈《たけ》ほどの防壁でも、彼らの足を止めるには大きな効果があるのだろう。

（……だから）

いま、ムコニア軍は、山地に新しい侵入路を見つけようとしているのだ。

春から夏の木の葉が鬱蒼《うっそう》と繁《しげ》る季節では、神出鬼没《しんしゅつきぼつ》の飛鹿乗りたちに、どこから襲われるかわからない。枯葉《かれは》が降り積もる秋も、足音が響《ひび》き、姿を隠《かく》すこともできない。

熟達した飛鹿乗りである〈独角〉が全滅《ぜんめつ》したいまは、義兄がいうように、雪の斜面《しゃめん》を自在に駆ける技《わざ》をもつ飛鹿乗りは、ごくわずかしか残っておらず、彼らだけでは広い山地を充分《じゅうぶん》に守ることはできないのだろう。――ムコニアはその事情を察して、冬に侵入を試みるようになっているのだ。

ある程度幅《はば》のある谷道に雪が固く積もれば、ムコニア軍は強い。

あの巨大な犬たちに曳かせた橇や滑《すべ》り板を見事に操《あやつ》りながら、ぐんぐんと攻め寄せてくる。上り坂には弱いが、崖《がけ》の上から弓で狙《ねら》われさえしなければ、補給物資や攻城《こうじょう》具を曳きながらでも、かなりの速さで進軍できる。

（……そうか）

ザカト峡谷道にムコニアが進軍していると聞いて、オーファンが興奮した訳がわかった。

あの道は東乎瑠の砦の裏山に通じている。

あの裏山から襲撃《しゅうげき》すれば、砦に甚大《じんだい》な被害《ひがい》を与《あた》えることも可能だろう。一気に攻め落とすことはできなくとも、砦を修復している間に、波状に援軍《えんぐん》を投入して繰《く》り返し攻撃《こうげき》できれば、砦を占領《せんりょう》することも夢ではない。

しかも、あの峡谷道の両側は、大部分が切り立った断崖絶壁で、よほど熟達した飛鹿乗りでなければ、上から奇襲攻撃《きしゅうこうげき》をしかけることはむずかしい。

（要《よう》は時機の調整だな。それさえ巧《たく》みに出来るなら、ムコニアは砦を陥《おと》せる）

飛鹿は、雪原ではどうしても動きが鈍《にぶ》くなる。東乎瑠軍とトガ山地民に挟《はさ》み撃《う》ちにされる危険はあるが、波状に援軍を繰り出す時機を巧みに調整できれば、逆に背後のトガ山地民を挟み撃ちにして殲滅《せんめつ》することが可能だろう。

ムコニアはいくつもの部隊を出して敵を撹乱《かくらん》し、本隊を隠す戦術を好む。義兄たちは多分撹乱されたふりをして、彼らの本隊がザカト峡谷道を選ぶよう仕向けたのだ。

（しかし、狙いは、なんだ……）

なかなか援軍に来ない東乎瑠の連中を慌《あわ》てさせることか？

だが、今更《いまさら》、東乎瑠の砦に被害を与えても、トガ山地民が得るものは少なかろう。

むしろムコニアに侵略《しんりやく》を許す危険が増すだけだ。

〈暁〉から降りて、オーファンのそばに立つと、オーファンはヴァンを見上げて、にやっと笑った。

「明日《あした》の夜を、楽しみにしていろ。今度は、おれたちが魅《み》せる番だ」

五　ザカトの奇襲《きしゅう》

ザカト峡谷道がゆるやかに登りに転じ、砦の裏山の山頂へと向かう登り坂――本来であれば、そこが、トガ山地民が攻めるべき地点だった。

ムコニア兵たちもそれはよくわかっていて、登り坂の手前で充分な休息をとって登坂の準備を整えていた。斥候《せっこう》も先行させている。

斥候として使われるのは、大概《たいがい》、トガ山地の西側、ムコニア領の山岳《さんがく》民たちだ。彼らは、この山地の植生に慣れているので、動きに無駄《むだ》がない。

ヴァンはオーファンたちとともに藪《やぶ》に潜《ひそ》み、彼らが慎重《しんちょう》に山に分け入ってくるのを、感づかれぬ距離《きょり》を置いて見まもっていた。

義兄《あに》たちガンサ氏族の戦士たちは、すでにムコニア軍の背後にまわっている。

――ムコニアが登坂を開始したら東乎瑠《ツオル》に伝令をだすが、難しいのは間の取り方だと、オーファンは言っていた。

——早過ぎれば、東平瑠が充分に戦闘《せんとう》態勢を整えてしまうからな

まだ信用されていないのだろう。

小出しにしか説明をしてくれないので策の全体像はつかめなかったが、オーファンと義兄《あに》たちの行動を見るうちに、彼らの計画がおおかた読めてきた。

やはり、彼らは、砦の攻撃を許すつもりなのだ。

伝令を走らせて、事前にムコニアの攻撃を知らせ、背後から挟み撃ちにすると東平瑠軍に伝えることで、忠誠を示しながら、なにか別の事態を引き起こそうとしている。

(それは、なんだ)

ある予想が頭の中にあった。——それは多分、当たっている。

(……しかし)

オーファンが指を二本うごかした。

斥候がふたり戻《もど》って来た。周囲をうかがいながら部隊へと帰っていく。

その姿が坂の下へと消えるのを見届けて、オーファンは背後の戦士にうなずいた。

戦士は低い姿勢のまま森の奥へと消えて行った。東平瑠軍の砦へ向かったのだろう。

ちらっとこちらを見て、オーファンは不敵な笑《え》みを浮《う》かべた。

いつしか、木々の幹を照らす陽射《ひざ》しの角度と色が変わっていた。

ムコニア兵にしてみれば、日が暮れ落ちるまでに山の上に陣取《じんど》りたいはずだ。そろそろ、登坂を開始するだろう。

目をつぶり、耳を澄《す》ますと、以前であれば聞こえるはずのない遠いざわめきが、かすかに聞こえてきた。——ムコニア兵が動きはじめたのだ。

オーファンが音もなく立ち上がり、行くぞ、と合図をした。

＊

砦を見おろせる裏山は、山というより丘陵《きゅうりょう》と言った方が良いくらいの高さしかない。

オーファンが向かったのは、ムコニア軍が陣取るであろう場所から少し離《はな》れた森の中で、ここからも砦がよく見えた。

上から弓で射られるような場所に砦を造るのは兵法《ひょうほう》に反しているが、この辺りは、かつて沢《さわ》があったせいか、あの場所以外は地盤《じばん》が弱く、砦を造るのが難しい。

トガ山地は一見なだらかにみえるが、山の懐《ふところ》は深く地形が多様なので、大人数で通れる道は限られている。ここに砦があれば、いわば出口に栓《せん》をしているようなもので、大軍が野に進軍するのを防ぐことができる。

それに、東平瑠の砦《とりで》は実に堅牢《けんろう》にできている。

大規模な攻城器でも運んでこない限り攻め落とすのは難しいが、そのような大きな道具を運ぼうとすれば、どうしても進軍速度が遅《おそ》くなる。

かつて、老練な飛鹿《ピュイカ》乗りが多くいた頃《ころ》は、とろとろと進む敵軍など格好の標的だった。

しかし、いまは、そうともいえなくなっている。東平瑠軍は、雪の季節の戦《いくさ》が飛鹿乗りの技量に左右されることを知らなかったのだろう。

皮肉なことだが、〈独角《どっかく》〉を皆殺《みなごろ》しにしてしまったことで、東平瑠軍はいま、国境線の防衛に大きな問題を抱《かか》えているのだった。


敵襲《てきしゅう》を告げられた砦には赤々と篝火《かがりび》が焚《た》かれ、東平瑠兵たちが慌ただしく動いている。

いかにも東平瑠らしい造りの砦だった。

門は正面と裏の二か所にあり、どちらの門も半円形の〈半月城墻《じょうしょう》〉で守られている。

あれがあると、上から見ても門が開いたかどうかわからず、破城槌《つい》も使えない。門に突撃《とつげき》しようとすれば城墻の弓兵の的になる。〈独角〉を率いて戦っていた頃は、こういう砦の攻略《こうりゃく》に随分《ずいぶん》と苦労したものだ。

(この砦を、どう攻める)

砦を見おろすうちに、〈独角〉の頭《かしら》であった頃の気分が蘇《よみがえ》ってきた。

（やはり、火だな）

砦自体は堅牢だが、完全に閉じた箱というわけではない。兵士たちが暮らしている兵舎がある辺りには様々な物資を動かすための広場があり、そこには屋根がない。かなり遠いから火矢で直接射るのは無理だが、なんらかの方法で火矢を届かせることができれば、かなりの被害《ひがい》を与《あた》えられるだろう。

そんなことを考えながら砦を見おろしていると、背後に人が来る気配を感じた。

ふりかえって、ヴァンは、はっとした。

戦士に背負われて、誰《だれ》かがやって来る。その姿に見覚えがあった。

（……ああ）

ヴァンは顔をくもらせた。――あの夜の夢が生々しく蘇ってきた。

ヴァンの傍《かたわ》らまで来ると、戦士は老人をゆっくりとヴァンの脇《わき》におろした。

老人はヴァンを見て、笑みを浮かべた。

「哀《かな》しいな」

掠《かす》れた声で、老人は言った。

「生身のおれは、病《や》んだ年寄りだ」

オーファンが近寄り、老人の傍らに膝《ひざ》をついた。

「父上」

老人は息子《むすこ》にうなずき、視線を砦の方へ向けた。

「そろそろだな」

つぶやいて、老人はふっと目を細め、ヴァンを見た。

「匂《にお》うか」

ヴァンもいま、それを嗅《か》いだところだった。——硝石《しょうせき》と木炭、それに硫黄《いおう》の匂いが混じっている。

「火弾《かだん》だな」

東乎瑠軍が使う、火弾の匂いだ。

反射的に、うなじに鳥肌《とりはだ》がたった。東乎瑠と戦っていたとき、この武器に仲間たちが多く殺された。当たれば身体《からだ》がちぎれて飛ぶ。むごたらしい死にざまだった。

しかし、いま匂っているこの火弾の匂いは、東乎瑠軍の砦から漂《ただよ》ってくる匂いではない。風向きが違《ちが》う。

その意味を悟《さと》って、ヴァンはぞっとした。

「ムコニアが、火弾を使うようになったのか」

オーファンが小さくうなずいた。

「東乎瑠のものより粗雑《そざつ》で不安定だがな。扱《あつか》いを誤って自爆《じばく》したのを見たことがある。お、始まるぞ、見ろ」

木々を透《す》かした向こう、ムコニア軍の陣営《じんえい》が明るくなった。

かつてより夜目も遠目も利《き》くようになったいま、ヴァンには兵士たちの動きがよく見えた。数人が立ち上がり、横に広がっている。その姿勢を見て、ヴァンは目を細めた。

（あれは、ラファンか？）

ムコニア領の山岳民《さんがく》だ。投石器の扱いに長《た》けた彼らとは、いく度か戦ったことがあった。

投石器で放つ弾《たま》は、遠くまで飛ぶ。ラファンのような巧《たく》みな打ち手であれば、遠い標的にもかなり正確に当てられるし、その威力《いりょく》は矢に劣《おと》らない。

しかし、投石器は投げの動作に入ってしまうと途中《とちゅう》で向きを変えることができないので、一度彼らの姿を捉《とら》えてしまえば、飛鹿乗りにとっては、さほど怖《こわ》い敵ではなかった。

（あ……）

彼らの姿が、ふいに浮かび上がった。投石器に挟んだ弾の火縄《ひなわ》に火がつけられたのだ。

ぶん、ぶんと、全身を使って投石器をふり回すや、彼らは一気に火弾を空へ放った。

火弾が、ひゅるひゅると大きな弧《こ》を描《えが》いて、夜空に舞《ま》い上がった。小さな光が、つぎつぎに砦の屋上に飛んでいく。

それらが砦に着弾《ちゃくだん》したとたん、閃光《せんこう》がいくつも闇《やみ》を切り裂《さ》き、鈍《にぶ》い爆音が続けざまに鳴り響《ひび》いた。

屋上に待機していた弓兵たちの身体が吹《ふ》っ飛び、屋根の木材が飛び散った。

どよめきが起きた。

砦の守備兵が、叫《さけ》びながら右往左往しているのが見える。

ラファン族は火弾を投げ続け、その小さな爆発が続いている間に、ムコニアの本隊が動きはじめた。

巨大《きよだい》な犬に曳《ひ》かせた橇《そり》が次々に坂道に乗りだし、凍結《とうけつ》した雪道を巧みに滑《すべ》り下って行く。

ヴァンはオーファンをふり返った。

このままでは砦が落とされる。

火馬《アファル・オマ》の民にしてみれば、憎《にく》き東乎瑠の苦しみを見るのは快感だろうが、ムコニア軍に砦を奪《うば》われてしまえば、トガ山地民は、新たな戦渦《せんか》に巻き込まれてしまう。

ヴァンの表情を正確に読み取り、オーファンは低い声で、

「大丈夫《だいじようぶ》だ」

と、言った。

「ムコニアは倒《たお》す」

そして、ちらっと父親をふり返った。

あの不思議な夢の中で、自らを〈犬の王〉と名乗った老人は、じっと戦局を見つめ

ていたが、やがて、ふっと微笑《ほほえ》み、手を伸《の》ばしてヴァンの手首を握《にぎ》った。

（……やるぞ）

頭の中で、声が響いた。

そのとたん、肌《はだ》にむず痒《がゆ》いものが走り、ヴァンはうめいた。

頭が内側から膨《ふく》らんでいく。――身体が、脱《ぬ》げる……。

気がつくと、老人に抱《かか》え込まれていた。抱え込まれるというより身体が溶《と》けあってしまっている。

老人は、物凄《ものすご》い速さで山道を駆《か》け下りていく。

ヴァンはいつしか、老人とともに光り輝《かがや》く大きな犬になっていた。

獰猛《どうもう》な衝動《しょうどう》が突《つ》き上げてくる。――噛《か》みたい。ただひたすらに、噛みたい……。

ぐっとのけぞって、老人が吠《ほ》えた。

長く尾《お》をひく声のない声で、キンマの犬たちに呼びかけていく。

その無音の呼び声に、仔《こ》らが応《こた》えた。次々と闇の中からキンマの犬たちが駆け出《い》で、近々と寄り添《そ》いながら、雪の山道を巧みに駆け下りていく。

先頭を走るのは、黒い犬だ。隻眼《せきがん》をきらきらと輝かせ、しなやかに駆け、他の犬たちを率いていく。

ムコニアの橇曳《そりひ》き犬たちが気づき、唸《うな》り声を発しながら身を捩《ね》じろうとした。ムコニア兵たちが驚《おどろ》いて、橇曳き犬たちを制御《せいぎょ》しようと鞭《むち》をふるっている。

もう、砦《とりで》が間近に見えている。

屋根が燃えているので、辺りは昼のように明るい。東平瑠の騎馬《きば》兵たちが、ムコニア兵を迎《むか》え討《う》とうと砦を出て、盾《たて》と槍《やり》を構え、脚《あし》だけで巧みに馬を御《ぎょ》しながら攻め寄《せ》てくる。

人馬の汗《あせ》の匂い、雪の匂い、燃える屋根の匂い、飛び散った肉片《にくへん》と血の匂いが渦巻《うずま》く中をヴァンは老人とともに駆け抜《ぬ》け、真横からムコニア兵に躍《おど》りかかった。

ヴァンたちが躍りかかる、その身に重なるように、キンマの犬が躍りかかり、驚いてふり返ったムコニア兵の首を牙《きば》で切り裂いて、向こう側へと飛び下りた。

もんどりを打ってムコニア兵が雪の上に落ち、跳《は》ねて、転がった。

老人は走りながら、まるで数十本の手で手綱《たづな》を引いているように、複数のキンマの犬たちを誘導《ゆうどう》していく。

老人は、山岳民は狙《ねら》わなかった。ムコニア人の正規兵だけを襲《おそ》わせている。兜《かぶと》が飛び、彼らの金色の髪《かみ》が炎《ほのお》の光をはじいて光る。

その首を嚙み、牙が柔《やわ》らかい肌を貫《つらぬ》いた瞬間《しゅんかん》、とてつもない快感が全身を貫いた。

金臭《かなくさ》く塩辛《しおから》い血が口に広がり、唾液《だえき》とともに細かな光が相手の喉《のど》へと入っていく……。

ムコニア兵たちは大混乱に陥《おちい》った。

どこからともなく現れた剽悍《ひょうかん》な犬の群れは、薙《な》ぎ払《はら》おうとする剣《けん》の下をかいくぐり、橇の上に跳ね上がり、巨大な橇曳き犬たちの鈍《にぶ》い動きを嘲笑《あざわら》うように、その背を蹴《け》って、跳《と》び越《こ》して、ムコニア正規兵を噛んで行く。

落ちついて見ることが出来たなら、襲っているのは、わずか二十頭の犬なのだと気づいただろう。しかし、キンマの犬たちの動きは異様に敏捷《びんしょう》で、その姿を目で追うことは難しかった。その上、炎が影《かげ》を躍らせて、夜の雪原を駆けまわる二十頭は無数の犬の群れに見えた。

東乎瑠の騎《き》兵《へい》たちは、ふいに現れ、ムコニア兵を襲いはじめた犬たちを見て、慌《あわ》てて手綱を引いて馬を止めた。

彼らの顔には、怯《おび》えの色が浮《う》かんでいた。

ムコニア兵は総崩《そうくず》れとなり、ばらばらと逃《に》げはじめた。坂の上に戻《もど》ることができず、必死に逃走《とうそう》路を求めて橇を走らせている。橇を捨て、徒歩で森の中へ逃げ込むムコニア兵もいた。キンマの犬に噛まれた腕《うで》を押さえ、足をひきずって闇の中へ消えていく。

老人が高らかに笑った。

彼は、犬たちに敗残兵を追わせなかった。ゆるやかに、十数本の目に見えぬ腕をふって、キンマの犬の目を東乎瑠の騎兵に向けていく。

怯えた東乎瑠兵の顔が見えた。——どこかトマを思わせる、まだ若い兵士だった。

その目を見た瞬間、冷たい風にふれたように、ヴァンは我に返った。
老人が何をしようとしているのかを悟り、ヴァンはぐっと我が身を引いた。
老人が苛立《いらだ》たしげにヴァンを抑《おさ》えようとしたが、ヴァンはその抑制《よくせい》に逆らった。
ふたりの力が拮抗《きっこう》した……そのとき、ふいに、眉間《みけん》が破裂《はれつ》した。

六　女を救う

眩暈《めまい》がする。大地が湖面のようにうねっている。

ヴァンは荒《あら》く息をつき、手で膝頭《ひざがしら》をつかんで吐《は》き気に耐《た》えた。膝の硬《かた》い感触《かんしょく》が、我が身に戻ってきたことを感じさせてくれた。

ふるえる手で眉間を押さえて顔を上げると、オーファンが汗まみれで父の名を呼びながら、老人の上におおいかぶさるようにして、その腕を押さえていた。

「父上！　しっかりしてください！　父上！」

血の匂《にお》いがする。老人の腕から血が流れているのだ。

オーファンの傍《かたわ》らにいた火馬の民の戦士が、手早く自分の衣《ころも》を切り裂《さ》き、老人の腋《わき》の下から肩《かた》にかけて縛《しば》って止血をした。

よく見ると、老人の傍らの地面に矢が突き立っている。——何者かが、老人を射たのだ。

ムコニア兵か、と思い、ラファンとムコニア兵たちがいた場所を透《す》かしみると、そこでは激しい乱闘《らんとう》が起きていた。

ラファンがもっていた松明《たいまつ》が雪の上に落ちている。あちこちに散乱しているその松明の光に、剣がピカ、ピカ、とひらめくたびに、悲鳴があがった。

森に隠《かく》れたラファンもいるらしく、時折、矢が飛んでくるが、ラファンに勝ち目はないようだった。火馬の民の戦士たちが、次々に彼らを斬《き》り倒《たお》していく。

老人が目を開けた。

息子《むすこ》の手をはらいのけ、もがくように身を起こして、ヴァンを見た。乱れた白髪《しらが》の下で、目がらんらんと光っている。

「……なぜだ」

喉からしぼりだすように、老人は問うた。

ヴァンは応えずに、老人を見つめ返した。

口の中に苦みがある。いやな後味だった。——あの犬たちと一体になって人を嚙む快感に酔《よ》った自分が厭《いと》わしかった。

身のうちに巣くった何かが自分を乗っ取って、自分を操《あやつ》るのを許してしまった悔《くや》しさが、胸を炙《あぶ》っている。

(おれの魂《たましい》と一体になっていた犬に嚙まれたあの若者は……)

黒狼熱《ミッツァル》に感染《かんせん》してしまったはずだ。もう、たすかるまい。

(おれは、人を病《や》ませてしまった)

ヴァンはうめいた。後悔《こうかい》しても遅《おそ》い。最もしたくないことを、いま、自分はしてしまったのだ。

おのれの身のうちに巣くっているあれは、魔物《まもの》だ。

（傍らにぴったりと添《そ》うた、おれの顔をした、おれでないものが囁《ささや》き、おれの心の奥底にある暗い渇望《かつぼう》を誘《さそ》い、全身を狂気《きょうき》で満たしてしまう……）

それでいて、とうとうたる大河に溶《と》けていくような、これでよい、と思える安堵感《あんどかん》がある。身を任せてしまうことを、当たり前に思えてしまう安堵感が。

老人の目には、狂気と哀《かな》しみが浮かんでいた。

その目が問いかけてくる。

同胞《どうほう》たちに償《つぐな》いたい――彼らに、故郷に帰る未来を与《あた》えたい、そして、もう一度、ひと目だけでも故郷を見たいという焼けつくような思いを、おまえは、わかってくれたのではないのか、と。

病で死ぬのは、ムコニア人と東乎瑠《ツオル》人だけだ。もともと、自分の土地ではなかったところへ入り込み、我がものにしようとする強欲《ごうよく》な輩《やから》が、相応の罰《ばつ》を受けるだけだ。

おまえは、病んだ俺の代わりとなって、あの犬たちを率い、戦わずして故郷を取り戻し、永の平和を手に入れる道を走り抜《ぬ》けてくれるのではないのか。

奪《うば》われてしまった、あの安らぎを取り戻したい――このどうしようもない渇望を、おまえも持っているはずなのに、なぜ、と。

食いしばった歯の間から、ヴァンは荒く息を吐いた。

この身の奥にある思いを、どう告げてよいか、わからなかった。東平瑠の若い兵士の顔、その目に浮かんでいた怯えの色を思いだしながら、ヴァンは口を開いた。

「……戦《いくさ》は」

掠《かす》れた声しか出なかった。

「自らの手を汚《よご》してやるものだ。おのれの身《み》の丈《たけ》で……おのれの手が届くところで」

老人が激しく首をふり、息子の腕をつかんで、うなるように言った。

「——こいつを……」

そのとき、ざわめきが起きた。

数人の戦士たちが、細い人影《ひとかげ》を引きずって戻って来るのが見えた。近づいて来るにつれ、引きずられているのが女であることが見えてきた。

逞《たくま》しい戦士たちは、オーファンの前に女を放《ほう》りだした。

「樹上におりました。ケノイさまに矢を射たのは、この女でしょう」

女はわずかに意識があるようで、瞼《まぶた》をふるわせているが、その身体《からだ》には力はなく、ぐったりと地面に横たわっている。ラファン族が精霊《せいれい》の守護を願って纏《まと》う白テンの首当てを巻いている。

オーファンは眉根《まゆね》を寄せて女を見下ろした。

「ラファンは女も射手になるからな」

つぶやいてから、部下にうなずいた。

部下の戦士が一礼し、すでに血に染まっている剣《けん》の切っ先を女の喉《のど》に当て、狙《ねら》いを定めてから、腕《うで》をひいた。

つぎの瞬間《しゅんかん》、戦士はうめいて、ぱっと目に手を当てた。


小石を投げた姿勢のまま、ヴァンは前に飛び出して女の腋の下に腕を入れるや、すくい上げて、肩に担《かつ》いだ。

それからのヴァンの動きを見ることができたのは、老人だけだった。

ヴァンは女を担いだまま、剣を持っている戦士の腕を横から薙《な》ぐように蹴《け》った。戦士の腕が振《ふ》られ、剣の切っ先が真っ直《す》ぐにオーファンへ迫《せま》った。

オーファンは、はっと足をひいたが、切っ先は腿《もも》をかすめていった。

「きさま！」

オーファンが声を上げたときには、もう、ヴァンは森に駆《か》けこんでいた。

駆けながら息を吸い、高々と〈鹿呼《しか》び〉を発した。

その呼び声が闇《やみ》に消える間もなく、藪《やぶ》を跳《と》び越《こ》えて〈暁《オラハ》〉が姿を現した。

「……逃《に》がすな！　射殺せ！」

オーファンの声とともに、弓弦《ゆづる》の音がいくつも響《ひび》き、うなりを上げて矢が飛んできたが、ヴァンは動きを止めなかった。

〈暁〉の背に女を下ろすや、身を翻《ひるがえ》してその後ろに飛び乗り、女の上に覆《おお》いかぶさって、脚《あし》で飛鹿《ピュイカ》に走れ、と伝えた。

放たれた矢のように、〈暁〉が跳び上がった。

下生えを跳び越え、木々を縫《ぬ》い、鬱蒼《うっそう》と生《お》い茂《しげ》る灌木《かんぼく》の藪を軽々と跳び越えて行く。

風が頰《ほお》をなぶる。

哀しみが、腹の底から湧《わ》きあがってきた。

背後に残してきた老人の瞳《ひとみ》が——その絶望が、背に貼《は》りついているようだった。

こんな風に裏切りたくはなかった。もっと言葉を尽《つ》くして、互《たが》いが納得《なっとく》できる道を探したかった。

だが、もう遅い。考えてやったことではなかったが、賽子《さいころ》は振られてしまった。この女が殺されるのを見過ごすことは出来なかった。……それもまた、自分が選んだことだ。

「走れ、〈暁〉！」

身の奥をゆらすものを抑《おさ》えこみ、ヴァンは叫《さけ》んだ。

＊

夜が明ける頃《ころ》、ガンサ氏族の戦士たちが火馬の民に合流した。

その中にヴァンの義兄《あに》ザッカを見つけると、オーファンは目顔で彼に合図をし、戦士たちから少し離《はな》れた木立の中へと導いた。

オーファンが昨夜起きたことを語るのを厳しい表情で聞き終えると、ザッカはため息をついて、深く頭を下げた。

「すまぬ」

オーファンはじっとザッカを見つめていたが、やがて、首をふった。

「貴方《あなた》が詫《わ》びる必要はない。――だが、こうなったからには、もはや、あの男を貴方の縁者《えんじゃ》とは思わぬぞ」

ザッカはオーファンを見つめて、うなずいた。

掌《てのひら》で自分の顔をゆっくりと撫《な》でながら、ザッカは口を開いた。

「〈独角《どつかく》〉になったときから、あいつはもう、おれの縁者ではなかったのだ」

雪に埋《う》もれた木々をぼんやりと見つめて、ザッカはつぶやくように言った。

「……女をたすけた、か」

ザッカはオーファンに視線を戻《もど》した。

青い夜明けの森が、ゆっくりと、白い朝の色へとうつりはじめている。

「あいつは妻子を亡《な》くしている。女が殺されるのを見ていられなかったんだろう」

オーファンは冷ややかな目でザッカを見た。

「そうであったなら、ただの馬鹿《ばか》だが、そうではない、かもしれん」

ザッカはいぶかしげに、目を細めた。

「どういうことだ？」

きつい顔で、オーファンは言った。

「殺したラファン族の武器を集めていて、妙《みょう》なことがわかった。遺体の中に、ひとつ、ラファン族ではない者の遺体が交じっていたのだ」

ザッカが眉《まゆ》をあげた。

「なんだと？」

「ぱっと見にはラファン族に見えるように白テンの首当てをしていたが、掌に投石器ダコがなかった」

ラファン族は幼い頃から投石器を使い続ける。たとえ弓矢を使う射手でも、その手には、必ず投石器でこすれて出来た分厚いタコがあるものだ。

「ラファンでないなら、何者なのだ？」

オーファンはじっとザッカを見つめた。やがて、ザッカは顔を歪《ゆが》めた。

「……そうか」

ざらつく顔を無意識に手でこすり、ザッカは低い声で言った。

「王は、保身を選んだというわけか」

ザッカの目がぼんやりと前方を見た。その表情の意味を敏感《びんかん》にさとって、オーファンは、ぐっと歯を食いしばった。

「おれたちは」

食いしばった歯の下から、オーファンは言った。

「故郷を取り戻す。なんとしてでも」

ザッカが眉をひそめた。

「気もちはわかるが、いまは身をひそめ、時を待った方が良いのではないか。アカファ王が気にしているのは東乎瑠の顔色だろう。ムコニアを防ぐためだけにキンマの犬を使っていれば、また、状況《じょうきょう》も変わるかもしれん」

オーファンは首をふった。

「そんな悠長《ゆうちょう》なことをする気はない」

「……そうか、お父上のこともあるからな。ご体調は、どうだ？」

「良くない。矢傷や切り傷は軽傷だが、キンマの犬たちを導いた上に失望が重なったせいで、かなりの高熱がでている。もともと、今年いっぱいもつかどうかという状態だったのだ。気力だけで生きているようなものだ」

宿営地の方を見やって、オーファンは言った。

「だが、父は諦《あきら》めていない」

視線を戻し、ぎらつく目でザッカを見つめて、オーファンは唇《くちびる》の端《はし》をもちあげた。

「おれも諦めてはいない。日和見《ひよりみ》の王の顔色をうかがうようなまねは、もうせぬ。──正義は我らにある。神々はそれをご存知だ」

しばらく、オーファンは黙《だま》ってザッカを見つめていたが、やがて、ふっと、静かな表情になった。

「あなた方と共に戦うのは、ここまでとしよう」

ザッカは黙ってオーファンを見つめていた。

「父とおれと精鋭《せいえい》の戦士たちは、これから氏族を離れる」

ザッカの表情がこわばった。

「君らは……」

オーファンはうなずき、深く頭を下げた。

「我らを受け入れ、共に戦ってくださった御恩《ごおん》は、黄泉《よみ》への河を渡《わた》っても忘れぬ」

顔を上げて、オーファンは微笑《ほほえ》んだ。

「最後の願いを聞いてくださるなら、我が民《たみ》を、トガの山襞《やまひだ》の奥深くへ匿《かくま》ってくだされ」

「…………」

「王と我らの戦いは、東乎瑠の目に顕《あら》わになってはならぬもの。我らを裏切り、攻《せ》めてくる輩《やから》どもも、無抵抗《ていこう》の民を山奥まで追って討伐《とうばつ》するような派手なことはすまい」

ザッカは即答《そくとう》せず、ただオーファンを見つめていた。

自分たちがいま置かれている状況、辺境民の行く末、いま何をすべきか——そうした事柄《ことがら》は、頭の中では、すでに定まっていた。だが、そういう大切な諸々を圧してこみあげてきたのは哀《かな》しみだった。

傲岸《ごうがん》で頑《かたく》なだが、同胞《どうほう》を深く愛しているこの男が、哀《あわ》れでならなかった。四方から吹《ふ》いてくる猛烈《もうれつ》な風に翻弄《ほんろう》され、もがくたびに孤立《こりつ》していく、小さな氏族の長《おさ》……。

(もはや、勝敗の目は出たのだ)

アカファ王が保身に走った以上、何をしたとしても、彼らと共に見た夢が現実になる目はまず出まい。

引き時だった。いまなら、手を引けば、ガンサ氏族には被害《ひがい》はない。

(だが……)

目の前にいるこの男は、手を引くという選択肢《せんたくし》を考えられないのだろう。

退く、ということは、自分たちを押しつぶしていく理不尽《りふじん》な運命を受け入れてしまうことで、そんなことを、頑迷《がんめい》な火馬の民ができようはずもない。

オーファンがしがみついているのは、自分たちが正しい、ということ——正しければ神がたすけてくれる、という思い込みだ。

彼らは進んで行くだろう。たとえそれが、奈落《ならく》の上に架《か》け渡された細い糸の上を辿《たど》るような道であっても。

（それでも……）

オーファンは、トガ山地民を巻き込まぬ配慮《はいりょ》をしてくれている。そういう男でもあるのだ。

ザッカは無言で、腹と胸と額に順に拳《こぶし》を当て、深くうなずいた。

＊

アカファ王の命を受けた戦士団が、トガ山地の火馬の民の集落に夜襲《やしゅう》をかけたのは、それから半月後のことだった。

その日は朝から吹雪《ふぶ》いていたが、夜には少し風がおさまった。その静かな、木々すら凍《こお》りつくような闇《やみ》の中、東乎瑠に気づかれぬよう密《ひそ》やかに、襲撃《しゅうげき》は行われたのだった。

火馬の民の多くはすでにガンサ氏族の導きで山奥へと匿われていたが、〈犬の王〉ケノイに率いられた火馬の戦士十二人は集落に残って、アカファ戦士団を迎《むか》え討《う》った。オーファンら精鋭の姿はなかったが、それでも火馬の戦士の奮闘《ふんとう》は凄《すさ》まじく、圧倒《あっとう》的に数で勝《まさ》るアカファ戦士団の精鋭たちの半数が命を落とした。その場では生き延びたものの、〈キンマの犬〉に噛《か》まれたために、帰還《きかん》の途中《とちゅう》で死んだ戦士もいた。

それは密やかで、短い、陰惨《いんさん》な戦闘《せんとう》だった。

十二人の火馬の戦士のうち、十人が討ち死にした。再び降りはじめた雪と夜の闇に紛《まぎ》れて逃《に》げ延びたのはごくわずかで、その中には、〈犬の王〉ケノイも含《ふく》まれていた。

夜が明けると、アカファの戦士たちは討ち漏《も》らした戦士たちの跡《あと》を追ったが、吹雪《ふぶき》が痕跡《こんせき》を消しており、オーファンらの姿を見つけることはできなかった。

ただ、ひとつだけ、アカファ戦士団にとって、大きな収穫《しゅうかく》があった。倒木《とうぼく》の陰《かげ》に横たわる遺体をひとつ見出《みいだ》したのだ。

半ば雪に埋もれていたそれは、オーファンの父、〈犬の王〉ケノイの遺体であった。

七　細い月と枝角

煙《けむり》の匂《にお》いがした。

目をつぶっていても眩暈《めまい》がする。サエは目を閉じたまま、じっと眩暈がおさまってくれるのを待った。

左の太腿《ふともも》が痛い。吹き矢が刺《さ》さったところだ。鼓動《こどう》にあわせて、ずき、ずきっと痛む。吹き矢はすぐに払《はら》い落としたのだけれど、刺さったところがこわばっている。

昨夜のことは、だいたい覚えていた。矢毒のせいで身体《からだ》はうごかなくとも、意識はあったからだ。男らが自分の身体を物のように扱《あつか》い、殺す話をしているのを聞きながら、動くことができずにいたのだ。

殺されることを覚悟《かくご》の上で矢を放ったのに、まだ生きていることが、不思議に思えた。

そろそろ夜明けが近い。冷え込みは厳しかったが、身体は温かかった。

積み上げた雪の壁《かべ》が風を遮《さえぎ》ってくれている。腹側には小さな焚火《たきび》があった。もう、おおかた灰に変わっていたが、それでもかすかな温《ぬく》もりは感じられた。

自分を抱《かか》えて眠《ねむ》っている男の寝息《ねいき》をうなじに感じながら、サエはそっと目を開けた。

夜明けの空に、細い月がかかっていた。

凍《い》てついた森の中は、すべてが蒼《あお》い。雪も、木々も、その狭間《はざま》から見える空も、おなじ色をしている。

その中で、光っているものがあった。――飛鹿《ピュイカ》の双眸《そうぼう》だ。

大きな飛鹿が雪の中に座り、首をあげてこちらを見ている。青い闇の中で、その姿は雪ととけあっていたが、その目だけは強い光をたたえて、じっとこちらを見つめていた。

耳元で静かな声がした。

「……あいつは、ほとんど眠らん」

サエは小さくうなずいた。

なぜだろう。数えるほどしか口をきいたことのない男なのに、こうして抱《いだ》かれていると、安らぎをおぼえる。

雪と、木々と、飛鹿と、自分たち。それだけのこの世界が、細い月の下で、このまま凍りついてしまえばいい、と思った。

もう随分《ずいぶん》と長いこと、この男を見守ってきた。

獣《けもの》のように勘《かん》が良い男だから、かなり距離《きょり》を置いていなければならなかったけれど、遠くから標的を見守るのは慣れている。木々の奥から眺《なが》めていても、この男の仕草、声、表情ははっきりと見えていた。

はじめて見たときは、狼《おおかみ》に似ている、と思った。群れから離《はな》れた孤独《こどく》な狼。はぐれ狼は惨《みじ》めなものだけれど、この男には惨めな感じは微塵《みじん》もなく、群れを遠く背後に置いて、ひとり山野を駆《か》けてきた狼のような、静かな殺《つよ》さがあった。

近寄りがたい感じの男なのに、少年たちといるときは穏《おだ》やかな表情になる。そういうときの彼は、冬の晴れた日の林のような、しん、とした明るさを感じさせた。彼は気づいていないかもしれないが、彼にくっついて山野を歩いていた少年たちは、実に安らかな顔をしていたものだ。

そして、あの幼い娘《むすめ》。いつも一直線に駆けてきて、ぱっと彼に跳《と》びつく、やんちゃなあの子。あのおチビさんも、彼に抱《だ》きかかえられると赤子のように安らいだ顔になった。腕《うで》の中におチビさんがいるときは、彼もまた安らかな顔をしていた。

感情の波を感じさせない、静かな男。——でも、独りのときは、はっとするほど印象が変わる。その表情をはじめて見たときは、胸が冷えた。

山の奥へ奥へと分け入って行く後ろ姿を見ながら、この人は、今夜郷《さと》へ帰るだろうかと、不安になったものだ。小暗い木々の奥へと分け入って行く背が、その暗さの中へ溶《と》けていきたがっているように見えたからだ。

ある日、ふと、越《こ》えてはならぬ一線を歩み越えて、人としての姿を失う。そういうことが起きていても不思議ではない危《あや》うさが、この男にはあった。

藪《やぶ》の中でかすかな音がして、飛鹿がぴくっとそちらを見た。

そっと抱いていた腕をほどき、ヴァンが身を離した。とたんに夜明けの冷気が背を刺し、サエは、ぶるっとふるえた。

「……大丈夫《だいじょうぶ》か？」

低い声で問われて、サエはうなずいた。うす闇を透《す》かすようにして、ヴァンはサエを見つめた。

「おれは罠《わな》を見て来る。身体がつらくなければ、火を熾《おこ》しておいてくれ」

サエが顔を曇《くも》らせたのを見て、ヴァンはかすかに微笑《ほほえ》んだ。

「この時季、馬では、〈暁《オラハ》〉の後は追えん」

サエは身体の力を抜《ぬ》いた。――たしかに、その通りだ。

話には聞いていたけれど、自分の目で見るまでは、飛鹿というものがどんな走り方をするのか想像できなかった。

実際に見て、心底驚《おどろ》いた。

鹿《しか》という名がついているけれど、飛鹿は鹿とは随分違《ずいぶんちが》う。頑健《がんけん》で、恐《おそ》ろしく敏捷《びんしょう》で、その名の通り、跳躍《ちょうやく》力が凄まじい。それだけに、馬の場合よりもずっと、乗り手の技術が飛鹿の動きを左右するようだった。

漆黒《しっこく》の夜の森を、木の根に足をとられることも、枝にかすられることもなく雪に足をとられぬ場所を瞬時《しゅんじ》に選びながら駆け抜けたヴァンの技《わざ》はまさに驚嘆《きょうたん》すべきもので、〈暁〉は昨夜のうちに、崖《がけ》を上り下りし、沢《さわ》をふたつも越えてしまった。

火馬《アファル》がいかに優《すぐ》れていても、冬の、しかも、夜の山の中を、あんな風に駆け抜けた飛鹿を追って来られたはずがない。雪についた跡を追うのも、夜が明けてからでなくては難しい。飛鹿を駆れるガンサ氏族の男らは、昨夜はムコニア軍の追撃《ついげき》をしていたはずだから、たとえ追手がかかっているとしても、彼我《ひが》の距離は、かなりある。

ヴァンが脇《わき》を通ると、〈暁〉はその腿にちょっと鼻面《はなづら》をつけた。ヴァンは応《こた》えるように、その角に触《ふ》れてから、藪の奥へと消えて行った。

サエは吐息《といき》をついて立ち上がり、火を熾す支度《したく》を始めた。

左腿が痛み、思うように身体が動かなかったが、それでも、ヴァンが戻《もど》って来るまでに、なんとか火を熾すことができた。

ヴァンは片手に兎《うさぎ》を二羽ぶらさげていた。きれいに毛皮を剥《む》いて、腸《はらわた》を抜いてある。

手ごろな枝を手渡《てわた》すと、ヴァンは小刀で枝の先をサッサッと削《けず》って串《くし》をつくった。

兎がこんがりと焼けると、サエは帯に結んでいる小さな革袋《かわぶくろ》から、油紙に包んだ塩をとりだして炙《あぶ》り肉にふりかけ、ひとつをヴァンに手渡した。

とたんに、〈暁〉がむっくりと身を起こして、近寄ってきた。

「気をつけろ、塩を食われるぞ」

ヴァンが言うとおり、〈暁〉は、サエの手元にぬっと鼻面を近づけてきた。サエは微笑み、ひとつまみだけ塩をとって〈暁〉に舐《な》めさせながら、残りは指で畳《たた》んで革袋に戻した。

ひとつまみでは足りなかったのだろう。〈暁〉は、ぐいぐいと鼻面でサエの胸を押した。

「こら、やめろ」

ヴァンが声をかけると、不満げにフンッと鼻息を吹《ふ》きかけて、ようやく〈暁〉はサエから離れた。山の中では、塩は金より貴重だ。ひとつまみ食べられてしまったけれど、命をたすけてもらった礼と思えば惜《お》しくはない。

そんなことを思いながら、サエは温かい炙り肉にかぶりついた。

この時季の兎は痩《や》せているけれど、凍《こご》えた身体《からだ》には、塩をふりかけた温かい肉は譬《たと》えようもなく美味《おい》しかった。

ふたりはがつがつと炙り肉をむさぼり、指についた脂《あぶら》をしゃぶった。兎一羽でも腹に収まると身体がぐんと楽になり、温かくなってきた。

いつの間にか夜は完全に明けて、雪が白く輝《かがや》いている。

脂がついた小刀を雪で拭《ぬぐ》っているヴァンに、サエは深く頭をさげた。

「たすけてくださって、ありがとうございました」

ヴァンは顔を上げ、ちょっとうなずいて礼を受けた。

「なぜ、たすけてくださったんですか」

ヴァンは、それには答えず、小刀を鞘《さや》に納めて懐《ふところ》にしまうと、

「〈犬の王〉を射た訳を教えてくれ」

と、言った。

サエはしばし黙《だま》って、考えた。——事の成り行きを考えてみれば、もう、この人に黙っている意味はないように思える。

わずかなためらいは残っていたが、サエは心を決めて、口を開いた。

「アカファを救うためです」

ヴァンは眉《まゆ》をひそめた。

「〈犬の王〉は、アカファ王の承認《しょうにん》を得てやっているのではないのか？」

サエは瞬《まばた》きをした。

「彼が、そう言ったのですか？」

「……夢を見せられた。キンマの犬たちによって病を広げ、東乎瑠《ツオル》とムコニアからアカファを取り戻す夢だ」

　サエはうなずいた。

「あの病は、異邦人《いほうじん》には致命的《ちめいてき》な病だけれど、この地で生まれ育った者は殺さない。彼は、そう言ったのですね？」

「ああ」

　サエはため息をついた。

「それは、嘘《うそ》です」

「嘘？」

「ええ、あの病――〈黒狼熱《ミッツァル》〉は、アカファの民《たみ》にも無害ではないんです。すでに死者もでています」

　サエは話しはじめた。

　アカファ王も、アカファ人は〈黒狼熱〉には罹《かか》らないと思っていた。だからこそ、初めのうちは、火馬の民《アファル・オマ》の企《たくら》みを容認し、うまく事が進むようなら、まさに天から与《あた》えられた幸運、と考えていたのだ。

　だが、キンマの犬に宿って再来した〈黒狼熱〉は、数百年前の病とは異なるものに変わってしまっていた……。

「御前鷹狩《ごぜんたかが》りの話は、ご存知ですか？」

「迂多瑠《ウタル》が嚙《か》まれて死んだ一件か」

「ええ。王族のイザムさまも一時ご危篤《きとく》になり、一命をとりとめた後も、御不自由なお身体になってしまわれたことは、私たちにとっては大きな衝撃《しょうげき》でした。調べてみると、それまでにも、各地で、ぽつ、ぽつ、と同じような病でアカファ人が死んでいたことがわかってきたのです。

それに、あの御前鷹ノ儀《ぎ》の一件は、あまりにも見え透いていました。あの一件で、東乎瑠はアカファ王の関与《かんよ》をはっきりと疑いはじめています。まだ暗に脅《おど》しをかけているだけで表立ってアカファ王を責めることはしておりませんが、いまのうちに火馬の民の企みを抑《おさ》えておかないと、彼らが何か取り返しのつかぬことをしでかせば、もはや東乎瑠も黙ってはいないでしょう」

ヴァンの目に光が浮《う》かんだ。

「だから、〈犬の王〉が東乎瑠兵にキンマの犬を向けたとき、矢で射たのか」

サエはうなずいた。

ヴァンはじっとサエを見つめた。

「逃《に》げ切れると思っていたのか」

サエは答えなかった。

「……承知の上、か」

サエはヴァンから視線をそらし、炎《ほのお》を見つめた。

ヴァンが自分を見つめているのを感じ、サエは仕方なく、つぶやいた。

「長い戦を経て……多くの血を流して、ようやく得た均衡《きんこう》ですから」

ヴァンはため息をつき、顎《あご》を手でおおった。

しばらくそうしていたが、やがて手を下ろすと、話を変えた。

「おれを見張っていたのは、なぜだ。オキにいた頃《ころ》から見張っていただろう」

サエは、はっと顔を上げた。

「気づいていたのですか」

ヴァンは苦笑《くしょう》した。

「間抜《まぬ》けもいいところだが、あの頃は気づかなかった。気づいたのは、この間あなたに抱《かか》えられたときだ。あなたの匂《にお》いを、オキの森で、何度か嗅《か》いだことがあったのを思いだした」

サエは戸惑《とまど》って、眉をあげた。

「……匂い？」

面映《おもは》ゆそうな顔をして、ヴァンはため息をついた。

「あの犬に嚙まれてから、おれは異様に鼻が利《き》くようになったんだ」

そうなのか、と思ってから、サエは頰《ほお》を赤らめた。匂いを覚えられていたというのが、なんだか恥《は》ずかしかった。

心の揺《ゆ》れを隠《かく》したくて、サエは早口に言った。

「命じられていたのです。あなたを見張るように、と。あなたは、新しい〈黒狼熱〉に罹って生き延びた人でしたし、ケノイ――あなたのいう〈犬の王〉――が、あなたを捜《さが》しているという情報を、父たちが得ていましたから」

話すうちに、心の波が静まってきた。枝で焚火《たきび》の炎を掻《か》き起こしながら、サエは言った。

「ケノイは病《や》んでいます。それで、自分と同じようにキンマの犬に嚙まれて生き延びた男を後継者《こうけいしゃ》にするために捜しているらしい、という情報は、かなり早くから耳にしていたのです」

ヴァンは眉根《まゆね》を寄せた。

「それにしては、随分《ずいぶん》長いこと接触《せっしょく》がなかったな」

「準備が整わなかったようですね。私たちも、すべての事情がわかっているわけではないのですけれど」

ふっと、ヴァンが顔をくもらせた。

「……ということは、〈谺主《こだまぬし》〉も、火馬の民の息がかかっていたのか？」

サエは首をふった。

「いいえ、いいえ！　ヨミダの森の主は、ケノイたちとは無関係です。キンマの犬のことを不安に思っておられましたから、それで、あなたを招いたのじゃないかしら」

「だが、あなたはあそこにいただろう。それに、あのナッカという男も」

サエは口を開けて、閉じた。そして、言葉を探しながら言った。

「説明するのが難しいのですけれど……あのときは、なんというか、いくつもの投げ輪が、別々の方向から、あなたに向かって飛んだ、という感じだったんです。……あの湯場で、私、まえに怪我《けが》をした、と言いましたよね」

「ああ」

「あれは、本当のことなんです。岩塩鉱の事件の後、あなたの跡《あと》を追っていて、私はひどい怪我をしたんです。そのとき、たすけてくださったオキの民が、〈谺主〉のもとへ連れて行ってくれました。それ以来、私は頻繁《ひんぱん》にあそこに湯治に行くようにしていたんです。あそこは、オキ地方の噂《うわさ》を聞くにはとても良い場所でしたから」

「じゃあ、あのとき、あそこにいたのは偶然《ぐうぜん》だったのか？」

サエは首をふった。

「いいえ、あのときは、アッセノミがあなたの所へ来たのを見て、先回りしたんです。ケノイが本格的にあなたに接触しようとしたので、あなたから目を離《はな》すわけにはいかなくて」

ヴァンは眉根を寄せたまま、顎をかいた。

「いまひとつ、わからんな。ナッカは長くあそこで働いていた感じだったが」

「そう、あの人はかなり長いこと、あそこで働いていたみたいです」

「だが……」

「ええ、ユナちゃんを攫《さら》ったのはあの男です。きっと、あのとき、あそこにいたので、急遽《きゅうきょ》、そういう役割を担《にな》わされたのじゃないかしら。あの男は〈沼地の民《ユスラ・オマ》〉ですから」

「〈沼地の民〉？」

言ってから、ヴァンは、目を見開いた。

「そうか、奴《やつ》はユカタの出だったのか」

「ええ。以前、それとなく身の上話を聞いたとき、警戒《けいかい》することもなく答えてくれました。自分は〈沼地の民〉で、〈火馬の民〉がユカタ平原を追放された事件に関《かか》わったので、こんな北の果てへ来るはめになったって。

〈沼地の民〉は、もともと〈火馬の民〉の僕《しもべ》の民ですから、〈火馬の民〉に命じられたら従わなければならないんでしょう」

焚火を見つめて、ふたりはしばし、黙《だま》り込んだ。

「……あのとき」

ヴァンが口を開いた。

「おれを〈火馬の民〉のもとへ導いたのは、なぜだ？　あなたの務めからすれば、おれを止めた方が良かっただろうに」

つき、と胸が痛み、サエはうつむいた。

この人は頭が良い。言い繕《つくろ》えば、必ず気づく。わずかでも疑われれば、その瞬間《しゅんかん》に、いま自分たちの間にある微妙《びみょう》な信頼《しんらい》関係は崩《くず》れてしまうだろう。

つかのまうつむき、それから、サエは心を決めて、顔をあげた。

「あなたを使ったのです」

ヴァンの表情が厳しくなった。

「使った？」

「ええ。私たちは、手詰《てづ》まり状態に陥《おちい》っていたので」

サエは浅く息を吸った。

「火馬の民は、アカファ王の心変わりを警戒していて、自分たちの手の内は巧妙《こうみょう》に隠していています。ガンサ氏族と組んでムコニアを罠《わな》に嵌《は》めるという話は、事前にアカファ王に伝えられていましたけれど、彼らがその次に何をしようとしているのか、どうしてもつきとめられなかったのです」

ヴァンは目を細めた。

「それで、獲物《えもの》を猟犬《りょうけん》の群れに追い込んでみたわけか。おれを手に入れて、奴らがどういう動きをするのか、見ようとした……？」

サエはうなずいた。

あのとき心にあったのは、それだけではなかった。──この人とユナのことが心配だったのだ。

この人がユナの後を追わなかったら、思い込みの激しい火馬の民のことだから、ユナには人質《ひとじち》の価値がないと見做《みな》してしまう可能性があった。あの子が殺されてしまう、と思うと、いてもたってもいられなかった。なんとかたすけてあげたかったのだ。

(……できることなら)

あの時、この人にすべての事情を打ち明けてしまいたかった。打ち明けて、話し合って、あの子を救い、この人自身も助かる方法を一緒《いっしょ》に探したかった。

けれど、それは許されなかった。──あのときは、父たちが、そばに潜《ひそ》んでいたからだ。

父たちは、この人を道具としてしか見ていない。役に立たないと見れば、あっさりと殺してしまっただろう。ケノイの道具にならぬよう、時機を見て殺す、と、もう随分前から、父たちは言っていた。

「目的は、達したのか」

つかのま、サエは何を問われたのかわからず、瞬《まばた》きをした。

「え？」

言われたことの意味がわかってきて、サエは首をふった。

「いいえ。それは、まだ」

思わず苦笑が浮《う》かんだ。

「こんなことにならなかったら、わかっていたのかもしれませんけど」

遠くで鳥が鳴いた。朝のさざめきが、森をつつみはじめている。

ヴァンは茫洋《ぼうよう》としたまなざしで、鳥が跳《は》ね渡《わた》って行く梢《こずえ》を見ていたが、やがて、視線を戻《もど》し、静かに尋《たず》ねた。

「これから、どうする」

どうするか——考えるまでもない。父たちと合流して、ケノイを監視《かんし》する仕事に戻らねばならない。

でも、それを思っただけで、胸がふさいだ。

父たちから遠く離れ、その視線を感じずにいられるいまが、ひどく貴重なものに思えた。

「……あなたは、どうされますか」

問いかえすと、ヴァンは顎《あご》を撫《な》でながら、

「おれはユナを捜《さが》す。——どこから手をつければいいか、ずっと考えているんだが。

火馬の民の集落には、ユナの気配はなかったし、な」

言いながら、ヴァンはふっと苦笑《くしょう》した。

「あの子の泣き声は凄《すさ》まじいんだ。頑固《がんこ》だから、見知らぬ人に囲まれていたら、集落中に響《ひび》き渡るような声で大騒《おおさわ》ぎしていたはずだ。まあ、眠《ねむ》り薬を飲まされていたのかもしれんが、それでも、あそこにあの子がいたら、おれにはわかったと思う」

サエはうなずいた。

「私も、ユナちゃんはあそこにはいなかったと思います。仲間の話では、ナッカは、いったん集落に入ったものの、ほどなくして、また集落から出たそうです。そのとき子どもを背負っていたと言っていたので、ナッカの跡を追おうとしたのですけれど、許してもらえなくて」

「そうか」

ヴァンはうなずいた。

「となると、どこへ連れて行かれたか、だな」

自分が逃《に》げおおせているかぎり、ユナには人質としての価値があるから、手にかけるようなことはないだろう。それでも、いま、あの子がたったひとりで、不安の中にいることを思うと、居たたまれない焦《あせ》りが胸を焼く。

「こんなことをあなたに頼《たの》むのは、随分《ずいぶん》変なことかもしれんが」

ためらいながら、ヴァンは言った。

「娘《むすめ》を捜すのを手伝ってもらえないか。――あなたの事情が許せば、だが」

サエは驚《おどろ》いて、ヴァンを見つめた。

ヴァンは顔をゆがめた。

「おれはユカタ平原には土地勘《とちかん》がない。手伝ってもらえれば、たすかるのだが」

この人と共に行くことを、父たちは許すだろうか。反射的にそう思ってから、サエは心の中で、そんな自分を笑った。

父たちがどう思おうと、どうでもいい。

サエは、ヴァンを見つめて、うなずいた。

八　〈石火《せっか》ノ隊〉

遠くで、パーン！　と、高い音がした。凄まじい寒さに耐《た》えきれずに、どこかで木が割れたのだ。

目をつぶったまま、ヴァンは、ぼんやりと昔のことを思い出していた。

この音が聞こえると、祖母はよく、ああ、白魔《オッシャイ》が木を蹴《け》りはじめたね、と言ったものだ。冬の森を駆《か》け抜《ぬ》けていく飛鹿《ピュイカ》の精霊《せいれい》が後足で木を蹴って生木が裂《さ》けたのだと、祖母の世代の人々は信じていた。

この音が響く日はみるみる気温が下がって山は大荒《おおあ》れになる。木割れの音は、たしかに、冬の魔物《まもの》が解き放たれた徴《しるし》だった。

昨日の日暮れに、この音を聞いて、ヴァンは早目に足を止め、サエとともに大木の根元に雪洞《せつどう》を掘《ほ》った。

通常なら、冬山を旅するときは必ず雪掻《か》き棒を携《たずさ》えているのだが、なにしろ身ひとつで逃げてきたので、最初の数日は、道具らしい道具は小刀しかなかった。

それでも小刀があれば、なんとかなるものだ。天候が好《よ》い間に、まずは冬山を生きて越《こ》える支度《したく》をしておこうと、一日だけ時間を割《さ》いて、ヴァンは山地で採れる様々な食糧《しょくりょう》を集め、サエは雪掻き棒やカンジキなど、冬山の旅に必要なあれこれを作っていたので、天が荒《あ》れる兆《きざ》しを感じても、さほど恐怖《きょうふ》を感じずに済んだ。

岩の根元は冷たいが、大木の根元はふしぎと温かい。大きい雪洞を掘り、床《ゆか》に葉のついた枝を敷《し》き詰《つ》め、穴の上も常緑樹の枝で覆《おお》う。雪洞の中に〈暁《オラハ》〉を座らせて、その身にぴったりと身体《からだ》を寄せていれば、猛烈《もうれつ》な寒さの中でも、命を奪《うば》われるようなことは、まずない。

飛鹿《ピュイカ》は、吹雪《ふぶき》のときは大木の陰《かげ》や藪《やぶ》の中にじっとうずくまって過ごす習性がある。〈暁〉も窮屈《きゅうくつ》で息苦しい雪洞の中でも身じろぎもせず、その身の温《ぬく》もりを分けてくれていた。

うつらうつら眠っては目覚め、息がつまらぬよう天井《てんじょう》の枝をずらしてから、また眠る。熟睡《じゅくすい》できぬ夜を過ごすうちに、吹雪の音はいつしか弱まり、薄陽《うすび》が射《さ》してきた。それでも寒さは相変わらず厳しく、また、どこかで、パーン、と、木割れの音がした。

かすかに谺《こだま》しながら渡ってくるその音を聞きながら、ヴァンは、ふっと笑った。

「……？」

サエが、問いかけるように眉《まゆ》を上げた。

「ユナが、な」

ヴァンは口を開いた。

「木割れの音を聞くたびに、ぴょん、と跳ねるんだ」

初めて木割れの音を聞いたとき、驚いて跳《と》び上がったのを見たオゥマたちが、大笑いしたのがうれしかったらしい。木割れの音がするたびに、驚いたふりをして、兎《うさぎ》のように跳び上がるようになったのだ。

それがまた、毎回毎回、様々工夫を凝《こ》らした迫真《はくしん》の演技なので、今度はどんな風に跳び上がるかと、見ている方も結構楽しみだった。

そんなことを話すと、サエは小さく声をたてて笑った。

物静かなこの人が笑うと、なんとなく、小さな褒美《ほうび》をもらったような気分になる。

(……奇妙《きみょう》なことになったもんだ)

ヴァンは胸の中でつぶやいた。

自分を見張っていた女と、もう何晩も身を寄せ合って過ごしている。

長年連れ添《そ》った妻でもないのに、こうしていることが、ごく自然に思える。考えてみればとても奇妙なのだが、あらためて考えてみなければ、気にもならないのだ。

サエの方も、さほど深く知りもしない男と身を寄せているのに、緊張《きんちょう》している風もない。

身体が温まってきて、女らしいその肌《はだ》の匂《にお》いを感じると、胸の底がざわめくこともあった。そういうときは、波が重なりあうように、サエの気もちも寄りそってきているような気もしたが、ふたりとも、あえて気づかぬふりをして、やり過ごしてきた。

「……ユナちゃん、私に会ったら、また、ぷうっとふくれるかしら」

かすかに笑いをふくんだ声で、サエがつぶやいた。

黙《だま》っていると、サエが言葉を継《つ》いだ。

「三歳ぐらいまでが、一番予測がつかないですね。四つ、五つになると、どんな反応をするか、だいたいわかるようになるけれど」

それを聞きながら、ヴァンはふと、これまで口にせずにいたことを、口にした。

「あなたは、子がいるのか？」

サエはつかのま黙ったが、やがて、寂《さみ》しげな笑《え》みを浮《う》かべた。

「いいえ。授《さず》からなかったんです」

ヴァンは顎をなでた。

「そうか。立ち入ったことを聞いたな」

サエは首をふった。

「そういう生まれつきだったんでしょうから、仕方ありません。それで夫と離縁《りえん》して、モルファの郷《さと》に戻《もど》ったんです。三十を過ぎたときに、私の方から切りだして」

「…………」

微笑《ほほえ》んだまま、サエはヴァンを見た。

「郷に帰ったばかりの頃《ころ》は始終夫のことばかり思っていましたけど、もう思わずにいる時間の方が長くなりました。虚《むな》しいことですけど……救いでもあるんでしょうね、忘れられる、ということは」

サエが口を閉じると、風の音が身をつつんだ。

時が心の傷を閉じ、忘れさせてくれるということは、生きていくためには、確かにありがたいことなのだろう。

（……だが）

ヴァンはぼんやりと、心の中で思った。

逝《い》ってしまった者たちの記憶《きおく》が薄《うす》れていくことは、自分の場合は、生き易《やす》さにはつながらなかった。

妻と息子《むすこ》の面影《おもかげ》が薄れはじめたことに気づいたとき、我が身も薄れていくような気がした。妻と息子の存在感が薄れていくにつれて、自分が生きることの意味もまた、薄れていった。

サエは目をつぶっている。

その顔をながめ、この人が生きてきた道を思ううちに、やがてまた、短い眠《ねむ》りが訪《おとず》れた。

吹雪は一昼夜続いて、やんだ。

雪洞からでるや、〈暁〉は、ぐうんと身体をしならせて、あちこちの筋を伸《の》ばしてから、首をふって駆けて行き、木々の根元に向かって、音をたてて放尿《ほうにょう》した。

猛烈な風がぬぐっていった空は青く冴《さ》え渡《わた》り、新雪におおわれた森は、まばゆい光に満ちている。

戻ってきた〈暁〉にサエを乗せ、その後ろに自分もまたがると、ヴァンは舌をピチッと鳴らして、〈暁〉を北西に向けた。

サエが、驚《おどろ》いたようにふりかえった。

「ユカタ平原に行くんじゃないんですか？」

ヴァンは首をふった。

「まず、行ってみたい所がある。――少し危険な賭《か》けかもしれんが」

ここから北西に向かうと、〈タクラの森道〉と呼ばれる道にでる。

雪をふくんだ風がタクラ山に遮《さえぎ》られるせいか、あるいは、深い常緑針葉樹の森であるせいか、この森の中の道には雪がさほど積もらない。

冬の間、トガ山地から東部へと向かう場合は、この道が最も近道となる。

「〈犬の王〉が、まだ、おれに未練があるようなら、ユナがいる所へ使者を走らせるだろう。ユナを撒《ま》き餌《え》にして、おれをおびき出すために」

サエは、わずかに顔をくもらせた。

「でも……だとするなら、その道はあなたを誘《さそ》う罠《わな》にもなりえるでしょう」

ヴァンは微笑んだ。

「やめた方がいいと思うか？」

サエはしばらく考えていたが、やがて、微笑んで、

「行きましょう」

と、言った。


この辺りは、ヴァンにとってはねぐらのようなもので、隅々《すみずみ》にまで土地勘《とちかん》がある。

火馬《アファル・オマ》の民の戦士たちは砦《とりで》の方からいったん平地に下り、雪の少ない道を選んで旅をせねばならなかったはずだ。それを考えれば、彼らがいま、どの辺りにいるか、だいたいの見当がついた。

ヴァンは、彼らがやって来る前に森道の端《はた》に潜《ひそ》み、彼らの動向を探《さぐ》ろうと思ったのだが、サエは、それはやめた方がいい、と言った。

「彼らはきっと犬を連れています。〈キンマの犬〉ではないでしょうけれど、火馬の民の猟犬《りょうけん》はみな、並の猟犬じゃありません。視認《しにん》できるくらいの距離《きょり》にいたら、風下

でも感づかれる危険があります」

ヴァンは眉をひそめた。

「となると、むしろ、やり過ごした方がいいか」

サエはうなずいた。

「少し時をずらして、確実に彼らが通り過ぎた後に着いた方が、危険は少ないでしょうね」

ヴァンは、ふっと微笑《びしょう》を浮かべた。

「……なんです？」

サエがけげんそうに眉《まゆ》をあげた。ヴァンは笑いながら、言った。

「いや、優《すぐ》れた猟犬を連れているのは、奴《やつ》らだけじゃないな、と思っただけだ」

サエは眉をあげたまま、苦笑した。


冬の天候は変わりやすく、その日は夕刻から、また雪が降りはじめた。

雪は、すべての跡《あと》を隠《かく》してしまう。

多く降れば、〈タクラの森道〉に着いても、火馬の民の戦士たちが通った痕跡《こんせき》も消えてしまうかもしれない。舞《ま》い方が激しくなっていく雪を見上げ、ヴァンは心の中で雪を呪《のろ》った。

彼らが通り過ぎた後に着かねばならないが、かといって、彼らが通り過ぎてから、あまり時間が経《た》ち過ぎれば痕跡が消えて、辿《たど》れなくなる。

その懸念《けねん》を口にすると、サエは静かに首をふった。

「大丈夫《だいじょうぶ》です。二、三日経っていても痕跡は追えます。犬に気づかれぬことを優先した方がいいと思います」

まったく力みのない口調だった。

「そうか。なら、今日はまず狩《か》りをして、食糧《しょくりょう》を確保するか」

ヴァンが言うと、サエは微笑んでうなずいた。


手分けして狩りをし、その日は早めに野宿をしてゆっくり身体《からだ》を休めた。

〈暁〉も、久しぶりにゆっくりと餌探《えさ》しをし、腹を満たしたので、満足した顔をしている。飛鹿は飢《う》えに強い獣《けもの》で、冬季にはあまり餌を食べずとも生き延びられるが、それでも、人を乗せて走り続けさせれば、身体に無理がくる。いかに急いでいても、雪の中でも餌がとれる場所で適度に時間を与《あた》えてやることは、飛鹿乗りにとっては大切な心得だった。

夜が訪れると雪の降り方はどんどん激しくなり、ついにはまた、吹雪《ふぶき》になった。

幸い翌朝には吹雪はやみ、雲も晴れたが、新雪が降り積もった道は歩き難《にく》く、〈タクラの森道〉に着いたのは、そろそろ日が傾《かたむ》きはじめた時刻だった。すでに、雪道に落ちる木々の影《かげ》は青みを帯びている。

森道の端で〈暁〉を止め、ヴァンは目をふせて、耳を澄《す》ました。

辺りはしん、と静まり返り、道の上に人の気配はなかった。ときおり、どこかで獣が走るひそやかな音が聞こえ、枝から雪が落ちる音が聞こえるだけだった。

馬の匂《にお》いもしない。

火馬の民の戦士たちは、すでにこの道を通っただろうか。それとも、ここは通らなかったのか。あるいは……。様々なことが頭を駆《か》け巡《めぐ》る。

サエは〈暁〉から下りて、道を見下ろせる斜面《しゃめん》の木に手を置いて立ち、まるで何かを読んでいるように、少しずつ顔を動かしながら、道を眺《なが》めはじめた。

しばらく、そうしていたが、何に気づいたのか、カンジキを履《は》いたまま、一歩一歩雪を漕《こ》ぐようにして道に下りて行く。

そして、ある所で止まり、そっと雪原に膝《ひざ》をついて、顔を雪面に近づけ、眺めはじめた。

やがて立ち上がると、サエは、ヴァンをふり仰《あお》いだ。

その顔に、ただならぬ表情が浮《う》かんでいた。

「どうした？」

近づいて行くと、サエは、こわばった顔で言った。

「騎馬《きば》が通った跡があります。――数騎ではありません。少なくとも二、三十騎の規模です」

「……！」

昨夜降った雪にふんわりと覆《おお》われている道のあちこちを、サエは指さした。

「ここ、そこ……そこが、一番わかりやすいですけれど、見えますか、痕跡が」

言われてみれば、たしかに、指されている雪面だけ、かすかに光の反射の仕方が違《ちが》う。雪の季節に熊《くま》を追っていて、これに似た跡を見たことがあった。一度雪に足跡《あしあと》がつき、その上に新たに雪が積もると、こんな風になる。

とはいえ、それは、ごく微妙《びみょう》な変化で、サエに示してもらえなければ、まず、気づけぬ痕跡だった。

それでも、一度気づいてしまえば、他《ほか》の跡も見えてくる。――サエが言う通り、馬の蹄《ひづめ》の跡は、道全体に散らばって、無数についていた。

「……使者、ではないな」

ヴァンがつぶやくと、サエもうなずいた。

「ええ。ここについている、この蹄の形。そして、この規模……」

青ざめた顔で、サエは言った。

「これはたぶん〈石火《せっか》ノ隊〉の跡です。十騎が一団になって敵を急襲《きゅうしゅう》する、〈火馬の民〉の精鋭《せいえい》たちの、行軍の跡です」

第九章　イキミの光

一　火馬《アファル》の塚

「……あ、だめよ！　触《さわ》っちゃだめ」

　ミラルが腰《こし》を浮かせて、貴重な地衣類を採取した籠《かご》に触《ふ》れようとした女の子を止めた。

　幼い女の子は、唇《くちびる》をとがらせて、

「なんで、さわっちゃめ、なの？」

と、聞いた。

　自分のことをユナちゃ、と呼ぶ、この小さな女の子は、ホッサルたちが〈沼地の民《ユスラ・オマ》〉の集落を訪《おとず》れるたびに、どこからともなく現れて、行く先々についてくる。

　なぜか、マコウカンとミラルを気に入っているらしい。

　一度、ホッサルに邪険《じゃけん》に追い払《はら》われて以来、ホッサルがそばにいると、ちょっと離《はな》れたところに逃《に》げるが、それでも遠くへは行かず、黒い目を輝《かがや》かせてこちらを見ている。

　なにか不満なことがあると、ぷくっとほっぺたを膨《ふく》らませるところや、すばしっこいところが、仔栗鼠《こりす》を思わせる、かわいい子だった。

どうやら、大人たちの目をかすめて、しょっちゅう家を逃げだしているらしく、よく父親か叔父《おじ》かわからない男が血相を変えて捜《さが》しにくるのだが、そういうときは、あれ？　いままでここにいたはず、と思うのに、いつのまにか姿が見えなくなっている。実に見事な隠《かく》れっぷりだった。

黒狼熱《ミッツアル》に似た症状《しょうじょう》を示していた女人《にょにん》には、新薬がとてもよく効き、もう床《とこ》から起きられるようになっていた。

あの小屋に寝泊《ねと》まりして病人を親身に治療《ちりょう》したことが、集落の人々の心に届いたらしく、初めて訪れたときは硬《かた》い表情でこちらを見ていた〈沼地の民〉たちも、いまでは、会えば必ずお辞儀《じぎ》をし、時には家に招いて、心づくしの料理などをふるまってくれる。

彼らと落ち着いて話せるようになったことは、ホッサルとミラルにとっては、とてもありがたいことだった。

黒狼熱はこの辺りの環境《かんきょう》と大きく関《かか》わっていると、ふたりは感じていた。この病とダニの関係を解くことができれば、治療方法を見つけるための大きな手がかりになる。

ふたりは小屋をひとつ借りて、薬や治療道具などを置き、仕事がしやすいよう整えた。問題は湿気《しっけ》だったが、借りた小屋は沼《ぬま》からは離れていたし、まだ気温も低いので、意外に良い実験環境をつくることができた。

この村で寝起《ねお》きすることはトゥーリムにきつく止められていたので、族都《オウタイ》から通わねばならないのが面倒《めんどう》ではあったが、それでも、早朝に村へ下りてくれば、一日、じっくりと仕事ができる。ホッサルはもっぱら人々から病についての話を聞き、ミラルはこの地域の植生を調べはじめていた。

地衣類から薬を作ることを専門にしてきたミラルにとって、この沼沢地《ユスラ》は実に興味深い場所だった。

ミラルがひとりで動きまわることをホッサルが心配するので、必ずマコウカンがついてきたが、ミラルは彼がそばにいることすら忘れて、地衣類の採取に没頭《ぼっとう》していた。

鈍色《にびいろ》の沼に小さな波をたてて吹《ふ》き渡《わた》って行く風は冷たかったが、日の光は少しずつ温《ぬく》もりを増し、晴れた日にはかすかに春の気配を感じる。

大きな沼の岸辺には幾《いく》本もの倒木《とうぼく》が横たわり、みな、こんもりと苔《こけ》に覆《おお》われていた。冬枯《ふゆが》れの野でも、苔は瑞々《みずみず》しい緑色をたたえているものが多い。

苔と地衣類はよく似ているが、実は違《ちが》う生き物だ。慣れてくると、どちらか見分けることは、さほど難しくなかった。

地衣類は色も形も様々で、木の幹に灰色の瘢痕《はんこん》のようにへばりついているものもあれば、赤味がかった黄色の、目にも鮮《あざ》やかな小さな粒《つぶ》がびっしりと群生しているものもある。水の中に生える藻《も》のように、白い髭《ひげ》を無数に伸《の》ばしているものもあった。

古オタワル王国の時代からいまに至るまで、オタワルの人々は様々な薬の開発に心血を注いできたが、その研究の歴史の中でも、飛び抜《ぬ》けて大きな意味のある発明は顕《けん》微鏡《びきょう》の製作であった。

顕微鏡のお陰《かげ》で、オタワル人は、病を引き起こすものの姿を、初めて、目で見て観察することができるようになったのである。

この世界には、目に見えるものだけでなく、目に見えぬ、無数の命も遍在《へんざい》している。その事実を確かめることができたとき、オタワル人の世界観は、確実に、大きく変わった。

画期的な発明や発見というのは波のようなもので、ひとつの波が次の波を起こすように、連なって起こることがある。

顕微鏡製作の成功の翌年、薬についても画期的な発見がなされた。ある菌類《きんるい》に病素となる細菌を殺す強い力があることが見いだされたのである。この薬の効果は素晴《すば》らしく、深学院《しん》中が興奮につつまれた。

この薬は、しかし、時に非常に強い過敏《かびん》反応を起こすことがあり、薬を投与《とうよ》されたことで死ぬ者が現れて、いっとき大変な騒《さわ》ぎになったが、医術師にしてみれば、薬と毒は紙一重《ひとえ》であることは承知の上であったから、その事件だけで抗《こう》細菌薬が捨てられることはなかった。

過敏反応への対処法の研究と、薬の改良が淡々《たんたん》と進められ、その地道な努力の末に、多くの病に効く様々な薬が生まれていった。

この抗細菌薬はまた、激しい下痢《げり》を引き起こすことがあり、その原因を探《さぐ》るうちに、人の体内にはもともと、消化を助ける、いわば〈良い細菌〉とでもいえるようなものが存在することもわかってきた。

人の身体《からだ》の内側には、多くの目に見えぬ生き物が住み着いていて、己《おのれ》の住み処《か》である人の身体を生かしている、という事実は、〈諸国を活《い》かし、自らも生きよ〉という標語を心の支えとしてきたオタワル人にとっては、実に愉快《ゆかい》な発見であった。

国を持たないということは、己の身体を持たぬようなもの。それでも、オタワル人は微小《びしょう》な生き物のように、様々な国々に入り込み、遍在して、その国々を豊かに活かしてきたのだから……。

そして、いまから十年ほど前、もうひとつの、驚《おどろ》くべき発見があった。顕微鏡を使っても見ることが出来ぬ、細菌よりも遥《はる》かに微小な病素が存在する可能性が示唆《しさ》されたのである。

細菌濾過《ろか》機を用いても、潜《くぐ》り抜けてしまう微小な病素——〈極小病素《ごくしょう》〉と名付けられたそれには、抗細菌薬が効かなかった。

しかし、やがて、アッシミなどの地衣類に、この〈極小病素〉を抑《おさ》える力があることが見いだされていく。

その発見が為《な》された頃《ころ》、ミラルはまだ徒弟《とてい》として学び始めたばかりだったが、地衣類にそのような力があるということに強く心を惹《ひ》かれ、以来、地衣類について学び続けてきた。

黒狼熱が再び姿を現したとき、アカファ岩塩鉱の遺体から採取された黒狼熱の病素は、顕微鏡では見ることのできぬ〈極小病素〉であることが確かめられた。

これは大きな発見であり、深学院は沸《わ》き立った。

早速《さっそく》、これまで〈極小病素〉に効果があった十数種の地衣類由来の薬の効果を試《ため》したところ、とくに強い抑制《よくせい》効果が見られたのは、アッシミとイキミという地衣類が生みだす二次代謝産物から作った薬だった。――これが、ホッサルが〈抗病素薬〉と呼んでいる薬である。

地衣類から作った薬が効くかもしれない、とわかったとき、ミラルの心に浮《う》かんだのは、長年、頭の隅《すみ》にひっかかっていた疑問だった。

かつて、オタワル王国が滅《ほろ》びたとき、なぜ、アカファ人は黒狼熱で死ぬことを免《まぬか》れたのか。いや、アカファ人もだが、それより、そもそも黒狼《こくろう》が生息していたトガ山地やオキ地方で、なぜ、黒狼熱を発症《はっしょう》した人がいなかったのか。

オタワルのように人口密度が高くないし、辺境の地だから、病死の事例が伝わらなかっただけだろう、と、先輩《せんぱい》たちは言っていたが、ミラルはそのことに疑問を感じつづけていた。地衣類のことが頭にあったからだ。

トガ山地の人々は飛鹿《ピュイカ》を飼い、オキ地方の人々はトナカイを飼う。

飛鹿のことはよくわからないが、トナカイは、緑が失われる冬の時季には地衣類を好んで食べると聞いていた。

牛や羊は地衣類を食べない。トナカイと違って、胃の中に、地衣類の消化をたすける細菌がいないのだ。いつか、この地方の人々が毎日のように摂《と》っている飛鹿やトナカイの乳と、地衣類の関係を調べてみたい、と、長年思い続けてきたのだった。

ここ、ユカタ平原には飛鹿やトナカイはいない。けれど、火馬は他《ほか》の地域の馬とは違って、地衣類を好んで口にしていた、という。

火馬を飼っていた人々が黒狼熱の病素を体内に持つ犬たちと暮らしながら、病を発症していなかったのであれば、そこにもなにか因果関係があるのではないか。

ミラルはホッサルと話し合いながら、いま、そのことを懸命《けんめい》に調べていた。

少し根《こん》を詰《つ》め過ぎたのか、風邪《かぜ》気味で、ここのところちょっと身体がきつい。喉《のど》がいがらっぽくてひりつくもので、今日は水筒《すいとう》を手放せなかった。それでも、この辺りは、昨日調べた場所よりもずっと植生が良くて、地衣類の種類が豊富なので、採集をしていると、身体のきつさも忘れられた。

倒木の上に屈《かが》みこんで、採集鏝《ごて》で地衣類をはがしていると、どこかから声が聞こえた。ふり返ると、沼地の民の若者が足早に近づいてくるのが見えた。

「……マコウカンさま」

若者が手をふった。

「ホッサルさまがお呼びです。ちょっと来ていただきたい、と」

マコウカンはうなずき、すぐに行く、と答えてから、ミラルを見おろした。

「ミラルさまは、どうなさいます？」

屈んだ姿勢のまま、ミラルは首をふった。

「私のことは気にしないで行って。私はもう少し、ここにいたいから」

マコウカンは眉根《まゆね》を寄せた。

「しかし……」

ミラルは笑った。

「大丈夫《だいじょうぶ》だって。子どもじゃないんだから。ほら、行って！　彼はせっかちだから、すぐに来ないと怒《おこ》っちゃうわよ」

沼地には自分たちのほかには人影《ひとかげ》はなく、ごく小さな虫たちが、透明《とうめい》な翅《はね》を光らせて舞《ま》っている。静かで、穏《おだ》やかな風景だった。

マコウカンはうなずき、ミラルに一礼すると、沼地の民の若者の後について、足早に歩み去って行った。

彼らの姿が森の中へ消えると、あたりは一層静けさを増した。

採集鏝の刃先《はさき》が倒木に当たる、カシ、カシ、という音が大きく聞こえる。剥《は》がれた地衣類の塊《かたまり》を持ち上げると、傍《かたわ》らにしゃがみこんで、じっとミラルの手元を見つめていたユナが、「そえ、なぁに?」と、聞いた。

「これはね、モッハルっていうの。きれいでしょう、緑色で」

そう言うと、ユナは、ちょっと鼻の上に皺《しわ》をよせた。

「きえいだけどぉ、光ってないねぇ」

ミラルは微笑《ほほえ》んだ。

「光ってはいないわね、たしかに。でも、ほら、ここ、水滴《すいてき》がついているから、きらきらしてるわよ」

ユナはのぞきこみ、

「ほんとだぁ」

と、目を輝《かがや》かせた。

小さな指をのばして、ちょっと水滴にさわり、つっと水が指に伝うと、声をあげて笑った。

「ちめた～い」

それから、ぱっと立ち上がると、さっき、触《さわ》っちゃだめ、と言われた籠《かご》を指差した。

「その子もきえいだけどぉ、ユナちゃはねぇ、こっちの子のほうが好きなのぉ」

ミラルは立ち上がり、採取したばかりのモッハルを別の小籠に入れながら、

「どうして？」

と、たずねた。

すると、ユナは満面に笑《え》みをたたえて、

「だって、光っちぇるんだもん」

と、言った。

ミラルはちょっと眉《まゆ》をひそめて、しげしげと、その籠の中に入れてある、例の新薬のもととなる地衣類を見下ろした。アッシミは濃緑色《のうりょくしょく》をしているが、まったく光っているようには見えない。

「光ってる？……光ってないけど」

つぶやくと、ユナは、ええ？という顔をした。

「光っちぇるよ？　みえにゃいの？」

そう言うや、ユナは、ずらっと並べられている小籠のところに行き、左端《ひだりはし》の籠と、真ん中の籠を指さした。

「こえとぉ、こえ、光っちぇるでしょう？　こえとおんなじ、きえいよ～」

何を言っているのかわからず、ミラルはわずかに眉をひそめたまま、籠のところに行った。今朝から採取して種類ごとに分けて入れておいた地衣類は、時折水をかけておいたので湿《しめ》ってはいたが、どれも光ってなどいない。

ユナは本当に、きれいなものを見ている表情で、うっとりと、左端の籠の地衣類をながめている。

そのふたつの地衣類を見て、ミラルは、どきっとした。

（……まさか）

左端の籠に入れてあるのはタッキという地衣類で、もうひとつ、ユナが指さした真ん中の籠に入っているのはイキミだ。

タッキは古木の枝から垂れ下がる地衣類で、薄緑《うすみどり》色の毛のような姿をしている。イキミは明るい緑色で、水辺を好む地衣類だ。とても希少な地衣類で、めったに見ることができない。こちらも濃緑色のアッシミとは、一見、まったく似ていない。

しかし、これらには、ひとつの共通点があった。――地衣類としての種類は違《ちが》うのだが、体のなかで作られる二次代謝産物の中に、同じ性質をもつ成分が含《ふく》まれているのだ。そして、極小病素に強い薬効があるのは、まさにその成分だった。

ときに、菌類《きんるい》は光を発することがある。キノコや藻《も》などが光っているのは、ミラルも実際に見たことがあった。

（……でも）

いくら目を凝《こ》らしてみても、このタッキやイキミが光っているようには見えない。

これらが光る、という報告も聞いたことはない。

菌類が生みだす二次代謝産物は千もの種類があり、分析《ぶんせき》しなければ見分けられない。

目で見て分かるようなものではないのだ。

ミラルは、ふっと微笑んで、肩《かた》の力をぬいた。

偶然《ぐうぜん》だろう。この子はきっと、頭の中でなにか楽しい想像を巡《めぐ》らしているのだ。

「そんなにきれい？」

たずねると、ユナは顔をあげて、満面の笑みを浮《う》かべ、うん、と、力強くうなずいた。

それから、ぱっと立ち上がると、

「ユナちゃねぇ、こういう、きえいなの、いっぱいいるとこ、しってうよ」

と、言った。

「え、ほんと？」

思わず聞き返すと、ユナはこくっとうなずいて、ぱっと手を握《にぎ》ってきた。

「こっち」

小さい手にひかれて、ミラルは走りはじめた。

この子はほんとうに足が速くてすばしっこい。しかも、歩きやすい道など選ばず、とんでもないところを平気で通っていく。倒木《とうぼく》を乗り越え、泥地《どろち》を抜《ぬ》けて行きながら、ミラルは内心、私、なんでこんなことしてるんだろうな、と、思っていた。

ところどころ雪の残る森を抜けていくと、思いがけず、広い沼地にでた。

目の前に広がった光景に、ミラルはしばし見入ってしまった。

沼地のこちら側——いま自分たちが立っている岸辺は鬱蒼《うっそう》とした木々が風をさえぎり、倒木も岩もこんもりと地衣類に覆《おお》われ、木《こ》もれ陽《び》がその緑を美しく浮かび上がらせている。沼の中には藻が繁茂《はんも》し、緑の色が濃い。苔《こけ》むした大木と岩が沼を抱《だ》き込むように立ち並び、むっとする精気が押し寄せてくる。

しかし、沼地の向こう側は、さんさんと日が当たる草地が、遥《はる》か彼方《かなた》まで広がっていた。遠くに、羊の群れが見える。

（そうか……）

移住民があちら側の木を伐採《ばっさい》したのだろう。牧草地を広げ、沼の水を利用しやすくするために。

木を伐《き》られたために、あちら側は風が強く岩も白茶けて乾《かわ》いている。そのせいで、地衣類や苔の種類が、こちら側とはまったく変わってしまっていた。

「こっち、みて」

小さな手で引っぱられて、ミラルは物思いから覚めた。

沼の浅瀬《あさせ》に引っぱっていくと、ユナは水辺を指差した。

「光っちぇるでしょう！　い〜っぱい！」

水辺を覗《のぞ》き込んで、ミラルは、はっとした。そこには、かつて見たことがないほどのイキミが群生していた。

「すごい」

つぶやいてから、ミラルは息を飲んだ。群生しているイキミの鮮《あざ》やかな緑の向こう、水の底に白い物が見えたからだ。

骨だ。——白骨化した大きな生き物が横たわっている。

思わず立ち上がって、一歩下がったとき、自分の足元の土を覆っている地衣類の下にも、白い物が見えていることに気づいた。

肌《はだ》が粟立《あわだ》った。

「どしたの？」

ユナがたずねた。

とっさに答えられずにいると、ユナは地衣類に埋《う》もれている白骨を指差して、

「トナカイしゃんの骨が、こあいの？」

と、言った。

「トナカイ?」

しげしげと骨を見つめて、ミラルは眉根《まゆね》を寄せた。

沼の白骨には頭部がある。その頭部は、トナカイのものではなかった。

「トナカイじゃないわ。……お馬さんよ」

つぶやくと、ユナは眉を上げた。

「え、ほんちょ? あえ、お馬しゃん?」

「そうよ。お馬さんよ」

様々な生物の骨格については、ひととおり学んでいるので、頭骨を見れば馬かどうかは、ひと目でわかる。

(もしかすると、火馬の墓だったのかしら)

そう思って、あらためて辺りを眺《なが》めてみると、消え残っている雪の下から、しおれた花が見えている場所が、ぽつ、ぽつ、とあった。この辺りに生えている花ではない。墓に手向《たむ》けられた花なのかもしれなかった。

と、背後で小さな音がした。

ふり返って、ミラルは凍《こお》りついた。――木々の狭間《はざま》に、男たちが立っていた。腰《こし》に剣《けん》をさげ、手に槍《やり》をもち、激しい怒気《どき》を顔に浮かべて、じっと、こちらを見つめていた。

二　〈沼地の民《ユスラ・オマ》〉の長老

マコウカンが案内されたのは、沼地の民《ユスラ・オマ》の長老の家だった。

長老の家といっても、他《ほか》の家と造りは同じで、湿気《しっけ》を防ぐために少し高床《たかゆか》になっている。木の階段を五段ほど上がって中へ入ると、炉《ろ》をはさんで長老と向かい合っていたホッサルがふり返った。

「来たか。……ミラルは？」

「もう少しお仕事を続けたいとおっしゃって」

ホッサルは眉《まゆ》をひそめた。

「ばか、おまえ、連れて来いよ。ひとりにするなと言っただろう！」

マコウカンは苦笑《くしょう》した。

「仕事に没頭《ぼっとう》しておられるミラルさまが、私の言うことに従うと思われますか？」

ホッサルは鼻を鳴らした。

「……まあな」

こちらに来い、と、手招きされたので脇《わき》に行くと、ホッサルはそこに座れ、と、促《うなが》した。

「長老から貴重なお話を聞いているんだが、この土地の言葉で、ちょっとわからないことがあってな。おまえ、通訳してくれ」

マコウカンは、なるほど、と思った。つまり、長老のしゃべり方は、ユカタ訛《なま》りが強過ぎて、何を言っているのか、さっぱりわからなかったのだろう。

マコウカンがうなずき、長老に、お話しください、と促すと、長老はうなずき、

「いがね」

と、言った。

いいかね、では、話そうか、というわけだ。

「おだがどこでは、ごれまでじゃ、ミッジにがまれだでも、ちぬこたぁねぇちゅうでた」

マコウカンは努めて神妙《しんみよう》な表情で聞きながら、腹のそこからこみあげてくる笑いを必死にこらえていた。

これは確かにすごいユカタ訛りだ。言葉遣《ことばづか》いだけでなく、抑揚《よくよう》も昔の人のしゃべり方で、マコウカンには懐《なつ》かしかった。

長老が話してくれたのは、ダニに嚙《か》まれて死ぬ者が増えた、という話だった。

この地方の森では、暖かくなるとミッジ（ダニ）が増える。

この辺りに暮らすものは、春から秋は、森に入ればミッジに食われるのは当たり前

なのだが、ときに、このミッジにたかられて野兎《のうさぎ》が狂《くる》うことがある。横っ飛びし、踊《おど》るような仕草をしながら最後には棒のように身体《からだ》をつっぱらせて死ぬことがあるのだが、そういう野兎を見かけると、昔から、「ああ、ミッジにいらえだな（入られたな）」と言うのだという。

嚙まれたことで、ミッジの魂《たましい》が乗り移ってしまい、身の内に入ってしまった虫の魂を追いだそうとして、兎は踊りながら死ぬしかないのだという。

マコウカンも、それは、うっすらと聞いた覚えがあった。たしか、祖母がそんな話をしていたような気がする。聞いたときは、とても恐《おそ》ろしかったものだ。

ミッジに嚙まれて体調を崩《くず》すのは小さな獣《けもの》に限ったことではなく、人でも熱をだしたり、ひきつけを起こす者もいる。しかし、ミッジに嚙まれたからといって、人が死ぬようなことは、むかしはなかった。

ところが、移住民がやってきて、あの毒麦事件が起き、火馬《アファル・オマ》の民がこの地を追われて数年経《た》った頃《ころ》から、幼子がミッジにやられて死ぬような痛ましいことが起きるようになり、最近では、大人でも、あの女人のように、もともと身体が弱かったような者は、ミッジに入られて病《や》む者が現れるようになったのだという。

「……なんもがも、あづらのぜいじゃ」

長老は顔を歪《ゆが》めて、移住民を罵《ののし》った。

ユカタの野に火馬の民がおられた頃は、沼地の民は、様々な仕事とひきかえに、火馬の乳を分けていただけた。

火馬の乳は万能《ばんのう》の妙薬《みようやく》で、あれを飲んでいた頃はミッジに入られる者なぞいなかったのだ、と長老は言った。

なにしろ火馬というものは、ありがたい馬で、キンマの神に愛されている。

生きているときも、死んでからも、人々に恩恵《おんけい》を与《あた》える。

火馬もミッジにたかられることがあるが、それでも兎のように狂い死にするようなことはない。

ただ、ひどく老いていたり、病んでいたりした場合は、ミッジにたかられると、さすがに弱って死ぬこともあり、そういう馬は、ミッジの魂を祓《はら》ってからキンマのもとへ旅立てるようにと、沼《ぬま》の縁《ふち》の〈キンマの塚《つか》〉に葬《ほうむ》られたのだという。

岩と木に囲まれたその塚は、火馬が好んで食べた美しいイキミに覆《おお》われていて、キンマの光で、いつもぼんやりと輝《かがや》いていた。

火馬の民の犬使いは、塚に葬られた火馬の遺骸《いがい》がキンマの光を宿すようになった頃を見計らって、孕《はら》んでいる雌《めす》を塚に連れて行き、火馬の肉を雌犬に与えた。

そうすれば、生まれてくる仔《こ》犬はキンマの光の恩恵を受けて、強く賢《かしこ》いキンマの犬になったのだ、という。

ここまで話してから、長老は顔をくもらせてうつむき、口を閉じた。

やがて、目を上げて、どこかためらうような口調で、言った。

「んじゃげ、移住民らがぎでがらは、なんもがも、がわっじまっだげ……」

移住民はとんでもない罰当《ばち》たりなことをした。なんと、〈キンマの塚〉のある森を切り拓《ひら》き、羊の水飲み場にしてしまったのだ。

火馬の民は激怒《げきど》したが、そのときは堪《こら》えた。〈キンマの塚〉がある側の岸辺には、移住民が手をつけなかったからだ。

しかし、移住民が森を切り拓いてから、〈キンマの塚〉に異変が起きはじめた。

毒麦を食べて死んだ火馬を〈キンマの塚〉に葬って浄化《じょうか》していただこうと思っても、遺骸にはキンマの光が宿らず、その肉を食べた雌犬は苦しんで死んだのだという。

キンマの神は怒《おこ》っておられる。――そういう声が、蠅《はえ》の唸《うな》りのように地を覆い、火馬の民の怒《いか》りは、とうとう移住民に向けられたのだった。

キンマの神のお怒りは、それでも解けることはなく、この地を病ませた。

その頃は移住民が放牧している羊もよく死んだ。毒麦を食って死んだのもいたが、ミッジに入られて死んだのもたくさんいた。

移住民はそういう羊の死体を森の端《はた》に埋《う》めたが、埋めた場所が〈キンマの塚〉に近かったものだから、火馬の民の猟犬《りょうけん》たちが掘《ほ》り起こして食ってしまうということが、何度も起きた。

そういう毒麦を食べて死んだ羊や火馬を食《く》らった犬は死んでしまった。

だが、羊や火馬の中には、毒麦を食べても死なないものもいた。そういう連中もしかし、どこか身体が弱っていたのだろう、ミッジにたかられて死ぬものが多かった。

そういうミッジたかりの羊や火馬は、別の塚に埋めたのだが、イキミやアッシミに覆われたそういう塚には、むかしのように聖なる光が宿っている、と火馬の民の犬使いたちが言いだして、わざわざけしかけて、犬にその塚に埋まっていた肉を食わせるようになった。

そういう肉を食った犬は死ななかった。死なないどころか、その母犬から生まれた仔らは異様に成長が早かった。その上、多産だった。——そして、その犬たちは、かつての〈キンマの犬〉よりも賢く、恐ろしい猟犬となった……。

長い話が終わりに近づいた頃、長老は、ためらいながらつけくわえた。

あの犬たちは神に遣《つか》わされた神聖な獣で、正しい者は嚙まないとわかっていたが、正直なところ、あの犬たちがそばに来ると怖《こわ》かった。ケノイさまが、あの犬たちを連れてトガ山地の方へ移って行かれたときは、ほっとした、と。

長老の家を辞したときには、もう、日が傾《かたむ》きはじめていた。

夕暮れの光を顔に受けて、ホッサルは大きなため息をついた。

「……ようやく、糸口が見えた」

その声には、抑《おさ》えきれぬ高揚《こうよう》の響《ひび》きがあった。

「いまの話を聞かせてやったら、ミラルのやつ、跳《と》び上がって喜ぶぞ」

ホッサルは笑《え》みを浮《う》かべ、ミラルが地衣類を採取している沼の方へ足を向けた。

珍《めずら》しく小走りに前をいく若主人《モハル》の後ろ姿を見ながら、マコウカンは微笑《ほほえ》んだ。なんのかんのいっても、この人はミラルを愛しているのだ。

ミラルも喜ぶだろう。こんなにうれしそうなホッサルから、あの話を聞けば……。


しかし、沼のほとりに、ミラルの姿はなかった。

夕焼けの空を飛んで戻《もど》ってきた火打鴨《マッカラ》が、つぎつぎと沼に下り、騒《さわ》がしく鳴き交《か》わしているが、辺りには、まったく人の姿はない。

ただ、ミラルが集めた地衣類が入っている籠《かご》だけが、さっき彼女が置いた通りに整然と並んで、残っていた。

ぼんやりとした不安が胸に兆《きざ》し、マコウカンは顔をくもらせた。

「森に入っておられるのかもしれません。捜《さが》してみましょう」

ホッサルは顔をしかめて、籠を見下ろしている。――わずかに青ざめているその横顔は、はっとするほど幼く見えた。

ミラルの足跡《あしあと》を見分けようと、籠のそばにしゃがんだとき、ふと、人の気配を感じて、マコウカンは顔を上げた。

森の縁、暗い木立の間に、男が立っていた。

(……あれは)

たしか、あの小さな女の子の親族だ。

そのずんぐりとした小柄《こがら》な男は、なにか言いたげな顔で、じっとこちらを見ている。

その顔に浮かんでいる焦燥《しょうそう》の色が、切迫《せっぱく》した事態が起こりつつあることを告げていた。

マコウカンが立ち上がって剣《けん》の柄《つか》に手をあてた、そのとき、右手の森の中から、ばらばらと異様な風体《ふうてい》の戦士たちが飛びだしてきた。

馬を象《かたど》った刺繡《ししゅう》を施《ほどこ》した胸当てをし、手に槍《やり》を持っている。

(火馬の民だ)

八人もいる。斬《き》り抜《ぬ》けるには、あまりにも多勢に無勢だった。

それでも捨て身で切りかかり、ホッサルだけでも逃《に》がそうか、と、足に力をこめた

瞬間《しゅんかん》、ホッサルが、

「よせ」

と、言った。

火馬の民は一言も発さず、ただ、輪をせばめてきた。かすかに馬の匂《にお》いがした。

＊

香《こう》ばしい匂いが漂《ただよ》ってきた。夕餉《ゆうげ》の支度《したく》が進んでいるらしい。

厨房《ちゅうぼう》は離《はな》れたところにあるのだが、風向きによっては、この部屋まで料理の香《かお》りが届いてくる。

トゥーリムはため息をついて、読んでいた書類を閉じた。

旧王都のカザンを出るときに、与多瑠《ヨタル》からホッサルに渡《わた》して欲しいと手渡《てわた》された書類で、各地方の移住民の発病状況《じょうきょう》について詳細《しょうさい》に記されている。

こういう書類を見ると、東乎瑠《ツオル》人というのは、やはり行政管理に長《た》けていると思わざるを得ない。辺境に移住させた人々についても調べを疎《おろそ》かにせず、実に緻密《ちみつ》に様々な事象を調べ上げている。

アカファ王国の時代は、こういう行政は為《な》されていなかった。

に任せていた。
辺境の民《たみ》には自治を許していたこともあって、表向きの情報は彼らの自主的な報告
もちろん裏ではモルファを使って情報を集め、オタワルの〈奥〉が集めて来る情報
も伝えてもらって、必要な事象はほぼ把握《はあく》していたと思うが、それは、ある意味、柔《やわ》
らかな網《あみ》が伝えてくる情報であって、緻密な数値の集積のような形にはなり得なかった。
目の奥に鈍《にぶ》い痛みがある。トゥーリムは指で目頭《めがしら》をゆっくりと押した。
（おれも歳《とし》をとったな）
むかしは旅をしても疲《つか》れるようなことはなかった。
いまは、旧王都と各地方の間を行き来していると、身体《からだ》の芯《しん》から疲れを覚えること
がある。岩塩鉱の管理をしていた頃《ころ》が懐《なつ》かしい。あの頃は、すべてが今より単純だった。
とはいえ、考えてみれば、いまの仕事の基礎《きそ》はあの頃に培《つちか》われたのだ。塩という金
にも等しい資産を各地方の氏族へ分配する権限は、自分と各氏族との間に様々な絆《きずな》を
紡《つむ》いだ。あの頃に紡いだ絆が、いまの仕事をたすけてくれている。
トゥーリムは顔をあげて、窓の外を見やった。
外はもう青い夕べの色に変わっている。
（そろそろ、着替《きが》えなくてはな）
今夜は、久しぶりにホッサルたちと夕餉を共にすることになっている。

彼らは沼地《ぬまち》の民の集落に連日のように通っているが、なにか進展はあったのだろうか。オタワル聖領の深学院《しんがくいん》に探《さぐ》りを入れたとき、新薬の開発は、ホッサルとミラルが先導して行っていることを知った。誰《だれ》に聞いても、彼らの評価はとても高く、彼らが解決の糸口を見つけることを期待する声が多かった。

しかし、そうして探りを入れて行くうちに、たとえ、いかに優《すぐ》れた者が全力を尽《つ》くしたとしても、黒狼熱《ミッツァル》のような恐《おそ》ろしい病に効く薬というのは、すぐには作れないのだ、ということも知った。

いま、事態は待ったなしの局面に来ている。たとえ、思いがけぬ速さで新薬が出来たとしても、事態の解決には繫《つな》がらない。

半月ほど前トガ山地の砦《とりで》をムコニア軍が急襲《きゅうしゅう》した、という知らせを受けた。砦がかなりの被害《ひがい》を受けるほどの襲撃《しゅうげき》だったが、いきなり現れた犬たちによってムコニア兵が、総崩《そうくず》れになったのだという。

鳩《はと》便なので詳細は不明だが、その短い知らせだけでも、事態が次の局面に入ったことはわかった。

王も、もはや様子を見ている暇《ひま》はないと悟《さと》られた。

王幡侯《オウハンこう》と与多瑠は、あの犬の背後に誰がいるか、とうに察している。察していながら、事を荒立《あらだ》てぬために見て見ぬふりをしてくれている。この状態が保たれているうちに、ケノイを無力化せねばならない。そうやって暗に忠誠を示さねば、東乎瑠は重い腰《こし》を上げて、容赦《ようしゃ》ない制圧に踏《ふ》み切るだろう。

王の命を受けた精鋭《せいえい》たちは、すでにトガ山地へ到達《とうたつ》している頃だ。

彼らがケノイを押さえれば、その知らせは、遅《おそ》かれ早かれこの地にも届く。そのときは、ここで暮らしている火馬の民を説得して、無謀《むぼう》なことをせぬよう抑えねばならない。

トゥーリムは片手で顔を覆《おお》い、長く息を吐《は》いた。

故郷を追われると知ったときの、彼らの表情は、まだ目に焼きついている。空《うつ》ろな目で、もはや二度と見ることのない我が家を見つめていた老女、泣き崩《くず》れた娘《むすめ》たち。

（……期待を持たせるべきではなかったのだ）

〈キンマの犬〉によってアカファを取り戻せる、と、交渉《こうしょう》にきたケノイに、きっぱりと告げるべきだったのだ。――もはや、アカファは東乎瑠がいなくては成り立たぬ国になっているのだ、と。

東乎瑠は、ケノイたちが言いたてているような、寄生虫ではない。

実際には、彼らは、アカファという木に堆肥《たいひ》を与《あた》え、枝打ちをし、守り育ててくれている庭師のようなものなのだ。

彼らによって整えられた木は、もう元の姿はしていないし、実った果実も、その多くは、庭師のものになる。それでも彼らは嵐《あらし》がくれば木を守り、健《すこ》やかに育つよう水を与えてくれている。

併合《へいごう》されて長い年月が経《た》ったいま、アカファは、もはや元の小国とはまったく違《ちが》う姿に変わってしまっているのだ。防衛も、経済も、なにもかもを東乎瑠に負うている。

万が一、東乎瑠がアカファを見捨てて去るようなことがあれば、この国は、庭師を失い、水源を失い、塀《へい》を失って強風に晒《さら》された老木のように枯《か》れていくだろう。

防衛の負担、不公平な税、移住民の問題……たしかに、アカファ人を苦しめている問題は多い。しかし、それは、政治的な駆《か》け引きによって解決すべきことであって、反逆や陰謀《いんぼう》によって解決を図《はか》るような類《たぐい》のことではない。

移住民が邪魔《じゃま》だ、と、ホッサルに言ったが、実際に彼らがいま、いなくなるようなことがあれば、市場は大混乱を来《きた》すだろう。

そんなことは、王も重々わかっておられた。

(それでも、つかのま……ほんのつかのま、夢が、お心をかすめたのだ)

現実から遠く遊離《ゆうり》した夢、アカファ人だけのアカファ、という夢――己《おの》が手に再びすべての権力が戻《もど》るという夢を。

ケノイが見ている夢を、無理からぬ、と思うお気持ちもあったのだろう。どうせ、大したことはできまい、とも思われたのだろう。

しかし、あんな風に、曖昧《あいまい》な言葉で希望を持たせるべきではなかったのだ。あのときの王の、ぼんやりとした同情が、かえって、彼らに、ひどく残酷《ざんこく》な未来を与えることになってしまった。

ため息をついたとき、戸を叩《たた》く音がして、入室の許可を問う部下の声が聞こえてきた。

「ああ、入れ」

声をかけると、部下が戸を開けて入ってきた。

「お忙《いそが》しいところ、失礼致《いた》します。トゥーリム閣下に火急の用があると、沼地の民が参っているのですが。山地の民《オファル・オマ》の目に触《ふ》れぬところで、内密にお話をしたいことがあると」

「沼地の民？　誰だ？」

部下は困ったような顔になった。

「問うたのですが、名乗りませんでした。——お会いになるようでしたら、ここへ連れて来ますが」

トゥーリムはうなずきかけて、いや、と、首をふった。素性《すじょう》の知れぬ者に、館《やかた》の内部の構造や、この執務《しつむ》室の位置を知らせるべきではない。

「私が行こう」

廊下《ろうか》に出て階段に向かうと、階下から男たちのざわめきが聞こえてきた。

族都《オウタイ》に滞在《たいざい》するときのために氏族長から与えられたこの館にはアカファ兵も常に三十人ほど駐留《ちゅうりゅう》している。今回はさらに十人隊を二個率いてきたので、いまは五十名もの兵士が、この館にいることになる。

そろそろ夕餉《ゆうげ》の時間なので、みな、食堂に向かって歩いていた。

階段を下りていくと、数人の兵士が気づいて直立不動の姿勢をとった。トゥーリムは軽く手をふり、そのまま食堂に向かうように告げて、裏口へ向かった。

裏口を出ると、夕べのひんやりとした風が頬《ほお》を撫《な》でた。

館を囲む塀の向こうは山で、黒々とした木立がゆっくりと風に揺《ゆ》れている。警護の兵が、さっと槍《やり》を掲《かか》げて敬礼した。トゥーリムはうなずき、その兵士の脇《わき》に立っている小柄《こがら》な男に近づいて行った。

裏口から漏《も》れてくる明かりが、男の顔をぼんやりと浮《う》かび上がらせている。中年の、ごく平凡《へいぼん》な顔立ちの男だった。なんとなく見覚えがあるような気がしたが、どこで会ったかは、思いだせなかった。沼地の民に多い顔立ちだ。村で見かけたのかもしれなかった。

「用があるというのは、おまえか」

声をかけると、男は深々と頭をさげた。

「さようでございます。お呼びたてして、申しわけございません」

「火急の用というのは？」

男は顔を上げ、声を低めて囁《ささや》いた。

「ホッサルさまの使いで参りました。至急いらしていただきたい、と。くれぐれも山地民に気づかれぬよう、最小限の人数でいらしていただきたいと」

トゥーリムは顔をしかめた。

山地民に気づかれないよう、という用心の意味が気になった。この族都に暮らす山地民たちはオタワルの〈奥〉と関係が深い。オタワル人であるホッサルが、その目を気にする理由はなんなのか……。

「ホッサルさまは、どちらにおられるのだ？」

「我らのところでございます」

「なんの御用《ごよう》か、おまえに話したか？」

「いえ、ただ、いま申し上げたことをお伝えして、ご案内するようにとしか」

トゥーリムは背後に控《ひか》えている部下をふり返った。

「ホッサルさまは、まだ戻っておられんのだな」

部下はうなずいた。

「はい。これほど遅くなられたことはこれまでないので、お迎《むか》えに行くべきかご相談しようと思っていたところでした」

トゥーリムはうなった。

「食堂から三人ほど連れて来い。理由は告げるな」

部下はうなずき、裏口から館の中へ消えていった。


沼地の民の男に導かれて、トゥーリムたちは夜の森に分け入った。

族都の裏門を抜《ぬ》けると山地の民に気づかれるので、男の案内に従って、館の裏山か館の裏山から沼地《ぬまち》へと抜ける道を辿《たど》ることにしたのだった。

日が暮れ落ちた森の中は暗く、アカファ兵たちが持っている灯《あか》りが足元をわずかに照らしていても、少し先すら見通せない。

しかし、沼地の民の男は迷う様子もなく歩いて行く。

灯りに時折浮かび上がるその背を追いながら、トゥーリムは何か、肌《はだ》がざわめくような感じを味わっていた。

岩塩鉱にいた頃《ころ》、こういう感じがしたときは、必ず何かが起きた。はっきりと意識の上には上って来ない何かを、見るか、聞くかしていて、それが予感に繋《つな》がっていたのだろう。

（なんだ）

なぜ、胸騒《むなさわ》ぎがしているのだ。闇《やみ》の中を歩いているせいか。それとも……。

前を行く男の歩き方には癖《くせ》があり、足を踏《ふ》み出すとき、わずかに左肩《ひだりかた》が下がる。それを見ているうちに、はっとした。

（そうか、この男は……）

男に声をかけようとした、そのとき、どこかで梟《ふくろう》が鳴いた。

ナッカが立ちどまり、トゥーリムを指差す仕草をしたあと、ぱっと道の脇の木の陰《かげ》に飛び込んだ。

ほぼ同時に、傍《かたわ》らを歩いていた兵士が、あ、と声を上げて灯りを取り落とした。首に手をあてて、うめき、地面に膝《ひざ》をつき、そのまま倒《たお》れていく。

「敵襲《てきしゅう》！」

トゥーリムが叫《さけ》ぶのと、傍らの藪《やぶ》が鳴ったのが同時だった。黒い影《かげ》が次々に現れ、兵士が振《ふ》り上げた灯りに、白刃《はくじん》が光った。

三　ナッカ

トガ山地からユカタ地方へと南下する旅は、冬から早春への旅でもあった。

季節のよい時期であれば、十日ほどでトガからユカタに行くことができる。

しかし、それは、食糧《しょくりょう》をたっぷりと持っている騎馬《きば》兵の場合であって、ヴァンとサエは吹雪《ふぶき》を避《さ》け、食糧を確保しながら旅をせねばならなかったから、かなりの日数をとられた。

それでも、火馬の民《アファル・オマ》の〈石火ノ隊《せっか》〉にさほど離《はな》されることなく、ふたりは、ユカタ山地へと辿り着いていた。

〈石火ノ隊〉が犬を連れていなかったおかげで、彼らとそれほどの距離《きょり》をとらずに進むことができたということもあるが、〈石火ノ隊〉もまた、東乎瑠《ツオル》の防人《さきもり》たちの目を避けながらの旅で、正規の街道《かいどう》を辿ることができず、細い獣道《けものみち》を通る困難な旅をしていたことも大きかった。

ユカタ山地に着くと、〈石火ノ隊〉は二組に分かれた。

ヴァンとサエは、二手に分かれて探《さぐ》るべきか話し合ったが、互《たが》いに連絡《れんらく》をとる方法がないし、火馬の民に見つかったときのことを考えれば、ふたりが一緒《いっしょ》にいた方がよいだろう、ということで、まずは人数の多い方の跡《あと》を辿ることにした。

その足跡《あしあと》は、ユカタ山地民の族都《オウタイ》がある山へと向かっていた。

*

ホウ、と、小さく梟が鳴いた。

視線を向けると、サエがうなずいた。

顔に泥《どろ》を塗《ぬ》り、目を細めているので、その顔は、ほとんど闇に溶《と》けこんでいる。ヴァンも同じく泥を塗って闇に潜《ひそ》み、随分《ずいぶん》前に、〈石火ノ隊〉の戦士たちが入って行ったまま音が絶えた藪を見おろしていた。

いま、梟の細い鳴き声が聞こえたのは、その藪の中からだ。

少し前から前方の闇の中にいくつもの灯火が見えて来ていた。灯火に金具が光っている。数人の兵士が、森の細道をこちらに向かって歩いてきているのだ。

梟鳴きが聞こえた瞬間《しゅんかん》、ざわめきが起き、先頭の男が道を外《に》れて逃げるのが見えた。藪が鳴り、火馬の民の戦士たちが飛びだしていく。

敵襲を告げる声とともに、灯火が乱れた。白刃がひらめき、叫び声があがった。剣《けん》が打ち合わされる甲高《かんだか》い音がして火花が散り、砂袋《すなぶくろ》を切るような鈍《にぶ》い音とともに、汗《あせ》と血の匂《にお》いが漂《ただよ》ってきた。

ほどなく乱闘《らんとう》は終わり、地面に落ちて燃えている灯火の明かりで、男がひとり、縛《しば》り上げられているのが見えた。

初老の男が後ろ手に縛られ、火馬の民に囲まれて歩いて行く。火馬の民の戦士が灯火を持ち上げたので、その顔が闇の中に浮《う》かび上がった。

傍らで、サエが息を飲んだ。——顔見知りらしい。

誰《だれ》なのだ、と、囁こうとして、ヴァンはふと眉《まゆ》をひそめた。山肌《やまはだ》を吹《ふ》き上げて来る夜風に乗って、覚えのある匂いが鼻をかすめたからだ。

鼓動《こどう》が速くなった。匂いとともに、小柄《こがら》な男の顔が頭に浮かんできた。

（……ナッカ）

間違《まちが》いない。これは、あの男の匂いだ。ユナを攫《さら》っていった、沼地《ユスラ・オマ》の民の小男。

かっと全身が熱くなり、ヴァンは目をつぶった。

目を閉じると、世界が変わった。——匂いと音が形を描《えが》く世界が、全身を包んで広がって行く。

蠟燭《ろうそく》の燃える匂い、血と汗の匂い、金属の匂い、そういう、山の匂いとは異質なものが、鋭《するど》く鼻の奥にふれてくる。動く者はすべて、大気の中に匂いの跡をたなびかせていく。

ヴァンは薄目《うすめ》を開け、静かに走りはじめた。

獣《けもの》のように密《ひそ》やかに、やわらかく藪をすりぬけ、ナッカの匂いの跡を追っていく。背後にサエの匂いがあり、彼女がついてきていることは感じていたが、いまは、ふり返らず、ただひたすら、ナッカの跡を追った。

〈暁《オラハ》〉もつかず離《はな》れずついてくる。サエと飛鹿《ピュイカ》を従えて、ヴァンは狼《おおかみ》のように密やかに、夜の森を駆《か》けた。

ナッカは火馬の民の戦士たちの後について、少しうつむいて歩いている。夜の山の中を長く歩き、彼らはやがて崖《がけ》の下に出た。

いつの間にか月が昇《のぼ》っていた。半月の光にぼんやりと浮かび上がっている灰色の崖には、ところどころ黒々とした洞穴《どうけつ》が口を開けている。

虜囚《りょしゅう》を連れた戦士たちが近づくと崖の下でざわめきが起き、複数の人影《ひとかげ》が動いた。

二手に分かれた戦士たちが、ここで合流したらしい。

ちらちらと揺《ゆ》れる複数の灯火が移動し、虜囚を連れた戦士たちが、ひとつの洞窟《どうくつ》に入って行くのが見えた。

他《ほか》の戦士たちは、その洞窟には入らず、外で焚火《たきび》を囲んでいる。

ナッカも洞窟には入らなかった。焚火をしている戦士たちと、なにか話している。

ここからでは、顔はまったく見えなかった。

ヴァンはサエとともに森の端《はた》に潜み、ナッカに目を据《す》えたまま、サエの耳元でささやいた。

「あの男、見えるか。焚火の左端《ひだりはし》にいる小男」

「……ええ」

「あれは、ナッカだ」

サエが息を飲んだ。

「え？　ほんとう？」

ヴァンがうなずくと、サエは眉をひそめた。

「こんなところから、顔が見えるんですか？」

「いや。匂いでわかる」

ヴァンはナッカを見つめたまま、低い声でささやいた。

「あれはナッカだ。まちがいない」

そのとき、ナッカが身をゆすり、ちょっと歩いた。それを見て、サエが、あ、と、息を飲んだ。

「ほんと、ナッカだわ」

ふたりは、ちらっと顔を見合わせた。

ヴァンはにやっと笑った。長くかかったが、ついに追いついた。ユナのもとへとたどり着くための確実な手掛《てが》かりが目の前にいる。

一刻も早く、あの子をこの腕《うで》に抱《だ》きたかった。

おちゃん！　と、目をまん丸くする顔を見たい。胸に湧《わ》き上がってくるその思いを、
ヴァンは無理やり抑《おさ》え込んだ。

急《せ》いてはだめだ。まず、何が起きているのかを確かめねば。ユナのことだけを考えて動くと、取り返しのつかぬことになりかねない。

「虜囚になった男、顔見知りか？」

ささやくと、サエはうなずいた。

「トゥーリムさまです」

ヴァンは目を見開いた。

「あれがトゥーリム＝スフォルサムか。アカファ王の懐刀《ふところがたな》の」

かつて岩塩の流通を司《つかさど》っていたアカファの大立者。岩塩鉱が東乎瑠のものになってからは、辺境ノ司《つかさ》としてアカファの全氏族との絆《きずな》をもつ、アカファの要石《かなめいし》……。

遠い焚火を見つめながら、サエはつぶやいた。

「あの方は、私たちモルファの総元締《もとじ》めなのです」

それを聞いたとたん、様々なことが結びつき、いま起きていることの意味が見えて

きた。

ヴァンは顔をこわばらせて、ささやいた。

「……ケノイは、気づいたんだな」

サエも暗い表情でうなずいた。

サエを捕《と》らえたときか、あるいは他のモルファがしくじったのか、とにかく、火馬の民は自分たちがアカファ王に見捨てられたことを知ったのだ。

背筋がひやっとした。

火馬の民は絶望し、激怒《げきど》しているだろう。反乱を未然に抑え込まれ、なかったこと、にされてしまうのを、彼らが悄然《しょうぜん》として受け入れるはずがない。

(抑え込まれる前に先手を打ったのだ)

〈石火ノ隊〉を送り、アカファ王の懐刀を人質《ひとじち》にとった。これが彼らの意思表示だ。

――とすれば、彼らがこれから何をするかは、火を見るより明らかだった。

＊

夜の山中を歩いてきた身には、焚火の温《ぬく》もりが、ことさらありがたく思えた。

ナッカは火馬の民に遠慮《えんりょ》して身をかがめながら焚火に近づき、少し遠いところから当たらせてもらった。

身体《からだ》の芯《しん》が、まだふるえているような気がする。

火馬の民に命じられたら従うのが一族の務めとはいえ、トゥーリムさまを欺《あざむ》くお先棒を担《かつ》がされるのは、心が痛む仕事だった。

（あの方は、心のある方だ）

毒麦事件のときも、随分《ずいぶん》とたすけてくださった。

移住民への襲撃《しゅうげき》を手伝った廉《かど》で捕らえられて、従妹《いとこ》があやうく死罪になりかけたとき、あの方は東乎瑠の役人にわざわざ会いに行き、沼地の民がどういう柵《さく》の中にいるのかを説明して、命を助けてくださった。

それだけではない。従妹が死罪を免《まぬか》れ、アカファ岩塩鉱の家事奴隷《どれい》にされた後も、叔父《おじ》が娘《むすめ》のもとへ食糧《しょくりょう》や衣類の差し入れに行くことができるよう計らってくださった。

アカファ王の懐刀とまで囁《ささや》かれるような高い身分の方が、一介《いっかい》の辺境民のために、ここまで尽力《じんりょく》してくださるのか、と、みな驚《おどろ》き、深く感謝したものだ。

あの頃《ころ》のことは、よく覚えている。

叔父は娘が岩塩鉱の奴隷監督《かんとく》に孕《はら》まされたと知って、一時は病《や》むほどに悲嘆《ひたん》にくれていたが、孫が生まれると、遠いアカファ岩塩鉱まで何度も出かけて行って、火馬の乳でつくったラパテ（乾酪《かんらく》に木の実を刻み込んだもの）や、カザンで買ったオキラプタ《オキ産のラパテ》

などを、身体に良いから、と、せっせと娘に渡《わた》していた。

ひとむかし前は、火馬の民は様々な機会に火馬の乳をくれたものだが、東乎瑠人の入植が始まってからは、火馬があまり乳を出さなくなったこともあって、沼地の民にくれることは稀《まれ》になった。だから、叔父は、貴重な火馬の乳でつくったラパテを、きつい労働とお産で身体の弱った娘に食べさせてやりたかったのだろう。

せっかく渡してやっても、あの娘《こ》は、ラパテを全部、我が子に与《あた》えてしまうんだよ。あの娘はほとんど、あの味を知らないだろうに、自分の口にも、少しぐらい入れたって、と、切なげに言っていた叔父の顔が、いまも目に浮《う》かぶ。

叔父は一昨年《おととし》逝ったそうだが、ナッカは、ひょんなことから、従妹の娘――叔父にとっては孫にあたる――幼い娘を村に連れ帰ることになった。

毒麦事件のとき、移住民の襲撃を手伝わされたのは従妹だけではない。ナッカも見張り役などをさせられていた。幸い、東乎瑠《うま》の役人にはばれなかったが、村の中にはそれを知っていた者もいたので、ひとり巧く罪を免れたようで申しわけなく、だんだんと村にいるのが辛《つら》くなって、両親が他界したのを機に村を出て、オキ地方へ流れて行ったのだ。

そのことが自分をユナに巡《めぐ》り会わせ、さらには村に連れ戻《もど》させたと思うと、なんとも不思議な気もちになる。

騒動に紛れて、人に気づかれぬように、ユナという幼女を攫ってこいと、火馬の民の戦士から命じられたとき、ナッカは仰天《ぎょうてん》して、そんな大それたこと、自分にはできませんよ、と尻込《しりご》みをした。

それを聞くや、火馬の民の戦士は薄《うす》く笑って、あれは、アカファ岩塩鉱にいた、おまえの従妹の娘だぞ、おれたちに手荒《てあら》く扱《あつか》われるよりは、おまえが面倒《めんどう》見てやった方がいいと思って、この役をくれてやるのだ、ありがたく思え、と言ったのだった。

キンマの神の采配《さいはい》というのは、こういうものなのだろう。

いま、ユナは洞窟《どうくつ》の中にいる。オタワル人の女医術師と一緒《いっしょ》にいたところを捕らえられたのだと聞かされて、慌《あわ》てて引き取ろうとしたのだが、火馬の民の戦士方は、あの娘は大切な虜囚《りょしゅう》だ、と言って、許してくださらなかった。

(……どうするか、な)

叔父は亡《な》く、叔父の連れ合いも去年死んでいるので、ユナはいま、ナッカの従姉《いとこ》――ユナにとって伯母《おば》にあたる人――の家で面倒を見てもらっているのだが、あの年の子にしては信じられぬほど頑固《がんこ》で、家族に溶《と》け込もうとせず、隙《すき》を見てはすぐに逃《に》げだし、一日中帰ってこない。暗くなれば帰ってくるが、ご飯を食べれば家の隅《すみ》にまるまって寝《ね》てしまうのだそうで、まるで野良猫《のらねこ》でも飼っているようだ、と、従姉は愚痴《ぐち》っていた。

従姉も子だくさんだし、あの子をもてあましているようだから、こういうことになったと言ったら、正直ほっとするかもしれない。とはいえ、このまま洞窟に置いて帰るのも、なんだか薄情《はくじょう》な気もした。

（ひと目だけでも顔を見てから帰るか）

おずおずと申し出ると、火馬の民の戦士たちは、しばらく仲間同士で話しあっていたが、やがて、幼子が寝てからなら、その顔を見てよい、と許可してくれた。

四　ミラルの発病

ふいに岩牢《ろう》の外が騒《さわ》がしくなった。

「……なんだ？」

ホッサルが顔をあげてマコウカンを見た。

マコウカンは立ち上がり、岩壁《がんぺき》に耳をつけた。

「また、誰《だれ》か捕らえられたようですな」

人の声はくぐもって響《ひび》いてくるので、何を言っているのかはよくわからなかったが、声の調子や足音、鉄格子《てつごうし》の内扉《とびら》を閉める音などから、隣《となり》で起きていることが推測できた。

この岩牢は天然の岩屋を鉄格子で仕切って造られているので、城の地下牢より隣の監房《かんぼう》との壁《かべ》が厚い。耳をつけても隣の監房の声などは聞こえなかった。

マコウカンは冷たい岩壁から耳を離《はな》し、ホッサルをふり返った。

「いったい、何が起きているんでしょうね」

ホッサルはむっつりした顔でマコウカンを見た。

「そんなこと、おれに聞くな。この状態で推測を重ねたところで、なんの意味もない。動きが起きたら、その都度判断するしかないだろ」

マコウカンはため息をついた。

「たしかに。……即座《そくざ》に殺されなかったということは、私らには、なんらかの価値がある、ということでしょうし」

姉の言葉が脳裏《のうり》をかすめ、生かしておく価値があるのはホッサルとミラルだけかもしれない、と思ったが、気にしても仕方がないことなので、その暗い予感は敢《あ》えて気づかなかったことにした。

子どもの頃、火馬の民《アファル・オマ》は重罪人を閉じ込めておく岩牢を持っているという話を聞いたことがあったが、まさか自分が入るはめになるとは思わなかった。

（ホッサルさまの従者をしていると、命がいくつあっても足りんな）

うう、ん。と、小さな声がした。

さっきまで、盛《さか》んにミラルに話しかけていた幼子は、いつの間にやら、自分で毛皮にくるまって、ミラルと岩壁の間に居心地《いごこち》よさそうにおさまり、眠《ねむ》ってしまっていた。

なにか、むにゃむにゃと寝言《ねごと》を言いながら、毛皮をかきよせて壁側に寝返りをうっている。こんな状態なのに泣きもせず、ぐっすり眠っている。たくましいものだ。

「……どうした」

触《ふ》れている肩《かた》がふるえていることに気づいて、ホッサルはミラルに囁《ささや》いた。

「なんでもないわ。大丈夫《だいじょうぶ》」

答えた声もふるえている。

「くだらん強がりを言うな。寒いのか？」

ミラルはうなずいた。

さっき男が来て、人数分の毛皮を置いていったが、それにくるまっていても、この牢獄《ろうごく》の床《ゆか》は石なので、しんしんと冷える。火は蠟燭《ろうそく》ひとつしかない。

ホッサルは遠慮《えんりょ》するミラルを叱《しか》って、自分の毛皮を彼女の毛皮に重ねてくるみ、しっかりと抱《だ》きしめたが、それでも、その身体《からだ》のふるえはなかなか治まらなかった。

ホッサルはその額に手を当てて、顔をしかめた。

「おまえ、熱があるじゃないか」

びっくりするほどの高熱だった。

「いつからだ？」

ミラルは唾《つば》を飲み込み、掠《かす》れ声で言った。

「熱は、さっき。朝から、ちょっと喉《のど》が痛いな、と思ってはいたんだけど」

ホッサルはミラルの耳下《じか》に触れてから、マコウカンに蠟燭をよこせ、と言った。

揺《ゆ》れる小さな灯《あか》りでは、まともな診察《しんさつ》などできないが、それでもホッサルは口を開けさせて喉を見た。

「腫《は》れているな。ただの風邪《かぜ》ならいいが」

ミラルは力のない目でホッサルを見つめた。

「……ダニに嚙《か》まれていないだろうな」

ここしばらく、妙《みょう》に暖かかった。そろそろダニが動きはじめていてもおかしくない。それにミラルはずっと沼地《ぬまち》や森で地衣類の採取をしていた。

「気をつけては、いたけど」

長袖《ながそで》の衣《ころも》をまとい、首筋には布を巻き、頭も布で覆《おお》っていた。男物の長袴《ながばかま》をはいて、裾《すそ》は長靴《ながぐつ》の中にいれている。それでも、ダニを完全に防ぐ方法はない。

ダニは小さいし、嚙まれても痛みはわずかしか感じないので、髪《かみ》の中にでも入られていたら自分で気づかないことも多い。髪は頻繁《ひんぱん》に洗っていたが、ダニは顎《あご》を皮膚《ひふ》の下にがっちりと入れて食いつくので、髪を洗ったくらいではとれはしない。

ホッサルはマコウカンに蠟燭を持たせて、ミラルの髪を覆っていた布をはずし、うなじから、髪をかきわけて、じっくりと見ていった。

ほどなくして、ホッサルは手をとめた。

「……灯りをここに当てろ」

左の耳の後ろの髪の奥に、小さな黒い点が見えた。——ダニだ。血を吸って、身体がかなり膨《ふく》れあがっている。

その大きさを見て、ホッサルは唇《くちびる》を噛んだ。噛まれて、多分、一日以上経《た》っている。ダニに噛まれたからといって、必ず病に罹《かか》るわけではない。むしろ、なにも起きないことの方が多い。

しかし、病素を宿しているダニの場合は、噛まれてから一昼夜以上経つと病に罹る危険が増す。

鼓動《こどう》が速くなり、胸が圧されるような不安が湧《わ》きあがってきた。

(落ち着け。まだ、黒狼熱《ミッツァル》と決まったわけじゃない。こいつが病を持っていない可能性の方が高いんだ。この症状《しょうじょう》はただの風邪ということもありえる)

ホッサルは自分に言い聞かせた。

それでも鼓動は速くなる一方で、額から頭皮へと冷たい痺《しび》れが広がっていく。自分の指がふるえているのを見ながら、ホッサルは大きく息を吸って、吐《は》いた。

「……噛まれていた?」

ミラルの声に、ホッサルはうなずいた。

「ああ」

ミラルはふるえて、目を閉じた。

「とりますか?」

マコウカンが蠟燭の火を近づけようとしたので、ホッサルは慌《あわ》てて止めた。

「やめろ、馬鹿《ばか》！　火なんぞ近づけたら、嚙みついたまま、もがいて、傷がひどくなる！」

「わかってます、しかし……」

「嚙んだまま死ねば、顎が中に残る。よけいに感染《かんせん》の危険が増すんだ！」

甲高《かんだか》い声でホッサルは怒鳴《どな》った。

「まったく、おまえは、そんなことも……」

ふいにミラルが手を伸《の》ばしてきて、ホッサルはその腕《うで》の中に頭を抱《かか》え込まれた。

「ホッサル、ホッサル」

頭を抱きしめたまま、ミラルはくぐもった声で言った。

「落ち着いて――お願い」

慣れ親しんだ匂《にお》いに包まれて、ホッサルは荒《あら》く息をつき、目をつぶった。

腹の底から怯《おび》えが這《は》い上がってきて、どうしようもなかった。

万が一にも、ミラルが黒狼熱に罹っていたら、と思うと、いてもたってもいられない。

（カザンへ帰せばよかった）

黒狼熱の病素を宿したダニが生息しているとわかっている土地で、地衣類の採取などさせるのではなかった。

いくつもの後悔《こうかい》が波のように押し寄せてきて、ホッサルは歯をくいしばった。

（落ち着け。後悔なんぞしてる暇《ひま》はない。どうすればいいか、考えろ）

ダニに嚙まれて、喉の症状がでている。熱もでている。——とにかく、一刻も早く新薬を打たねば。

外で足音が聞こえ、マコウカンは、はっと顔を上げた。

岩牢《ろう》の鉄格子《てつごうし》の向こうには通路があり、岩に穿《うが》たれた穴に、松明《たいまつ》が一本挿《さ》しこまれて燃えている。その灯りで、小柄《こがら》な男がそっと近づいてくるのが見えた。

(……あれは)

見覚えのある沼地の民だった。たしか、眠っている幼子の身内だ。

「ホッサルさま」

声をかけると、ホッサルは顔をあげた。マコウカンが目顔で示すと、鉄格子の外に目をやり、おずおずとこちらを見ている男に気づいた。

「きみ！」

ホッサルが声をかけると、小男はびくっとしたが、逃《に》げはしなかった。むしろ、鉄格子に近々と顔を寄せて、中を覗《のぞ》きこんできた。

「……うちの姪《めい》っこ、無事ですか」

ホッサルは眉《まゆ》をひそめた。

「この子の叔父か？　この子を連れにきたのか？」

マコウカンが眠《ねむ》っている幼子に手をふれようとすると、小男は慌てて、

「あ、起こさないでください」

と、言った。

「その子はそのままにしておけって言われてるんで」

ホッサルは眉をあげた。

「なぜ？　この子をこのまま、こんな岩牢に閉じ込めておくつもりか？」

小男はうなずいた。そして、ちらっと背後をふりかえって、看守役の戦士が隣《となり》の監《かん》房《ぼう》に気をとられているのを確かめると、小さな声でささやいた。

「その子には複雑な事情があるんです。訳をお話しすることはできないんですが、どうか、哀《あわ》れと思って面倒《めんどう》をみてやってください」

ミラルを抱《いだ》いたまま、ホッサルはつかのま、その小男の顔を見つめていたが、やがて、低い声で言った。

「わかった。この子は私たちが面倒をみる。その代わり、ひとつ、こちらの頼《たの》みも聞いてくれ」

小男は顔をくもらせた。

「……それは」

言いかけるのを遮《さえぎ》り、ホッサルは早口で言った。

「面倒なことじゃない。村に私らが借りた小屋があるのは知っているだろう。あそこに薬や治療《ちりよう》の道具がある。壊《こわ》さないように気を付けて、ここへ持ってきて欲しいんだ。ミラルが、ダニに嚙まれて熱をだしている。黒狼熱にやられているかもしれない。治療をしたい」

小男が驚《おどろ》いて目を見開いた。

「そりゃあ……」

「私たちに人質《ひとじち》としての価値があるなら、火馬の民とてミラルを死なせたくはないだろう」

ホッサルの声がふるえていた。目に、必死の色があった。

「ミラルが死ねば、私は自害する。どんな手を使っても。――頼む。火馬の民を説得して、薬を持ってきてくれ！」

五　奇妙《きみょう》な男

夜の森の中を、ナッカは村へといそいだ。

オタワル人の人質が高熱を出しているので、薬を持って来てやっていいか、と尋《たず》ねると、人質に死なれることを恐《おそ》れたのだろう、火馬《アファアル・オマ》の民の戦士たちは意外にあっさりと薬をとって来ることを認めてくれた。

（……薬を間違《まちが》えずに持って来られるかな）

あのホッサルという若い御方《おかた》は、薬がある場所や、薬が入っている瓶《びん》の色などを一生懸命《いっしょうけんめい》教えてくれたが、ナッカは文字が読めない。

小屋に置いてある薬というのが、ひとつふたつならいいが、たくさん似たような瓶があったら、間違えずに持って来られる自信がなかった。

（誰《だれ》か起こして、手伝わせた方がいいかな）

小屋にある薬を全部持っていった方が、二度手間にならずにすむ。

あのミラルという人は、病《や》んだ村人を懸命《けんめい》に看病してくれた優《やさ》しい人だ。出来ることならたすけてやりたかった。

森は暗く、提《さ》げ灯《あか》りは足元だけしか照らさない。

さっきから、なんとなく、何かがついて来ているような気がして仕方がなかったが、足を止めてふり返ってみても、何も見えなかった。

そろそろ村に着く。

（……気のせいか）

（さて、誰に手伝いを頼むかな）

そう思ったとき、ふいに提げ灯りをもっている手に何かが当たり、痛みが走った。

提げ灯りをとりおとして、うめきながら手を握《にぎ》った瞬間《しゅんかん》、背後の闇《やみ》から男が現れて、がっしりと首を押さえられてしまった。

このまま捩《ね》じられれば、首の骨が折れる。

「たすけてくれっ！　殺さねぇでくれ！」

思わず叫《さけ》ぶと、

「……ならば、動くな」

と、低い声が答えた。その声を聞いたとたん、ナッカはふるえあがった。

「おれが誰だかわかるな」

ナッカはわずかにうなずいた。

「あの子はどこだ」

ナッカはふるえながら囁《ささや》いた。

「……い、岩屋の、牢《ろう》に」

どっと恐怖《きょうふ》がわきあがり、ナッカは必死に謝った。

「ゆるしてください！　あんなことはしたくなかったんだ。仕方なくてやったことだ」

ぎゅっと目をつぶり、カチカチ歯を鳴らしながら、ナッカはしゃべりつづけた。しゃべっている間は首の骨を折られることはなかろう。そう思って、ひたすら話した。

これまでのこと、ユナと自分の関《かか》わり、いま、自分が薬を持って帰らねば不審《ふしん》に思われることなどを……。

話すうちに涙《なみだ》が出てきた。

これまで、したくないことばかりさせられてきた。そのあげく、こんな風に殺されて終わるのかと思うと、涙が出て止まらなかった。

ふと気づくと、首にまわされていた腕《うで》がはずれていた。

がっちりと手首を握られているが、ついさっきまでの、いまにも殺されそうな感じは消えていた。

恐る恐る、涙の溜《た》まった目を開けると、あのヴァンという男が、じっと自分を見下ろしていた。

「……つまり、これから薬を取りに行って、また岩牢へ戻《もど》るんだな」

静かな声で聞かれて、ナッカは瞬《まばた》きし、うなずいた。

「ならば、おれも連れて行け。手伝いを頼んだといえば、ごまかせるだろう」

ナッカは目を見開いた。

「ご、ごまかすったって……」

ヴァンはちらっとナッカの頭巾《ずきん》付きの外套《がいとう》に目をやった。

「そういう、沼地の民《ユスラ・オマ》がよく着る外套を誰かから借りてくればいい。岩牢の中にいる人が寒がっているからといえば、疑われずに借りて来られるだろう」

そう言ってから、ヴァンはきつい光を秘《ひ》めた目で、ナッカを見つめた。

「もう一度だけ、おまえを信じる。おまえがいま泣きながら言ったことが本心であるなら、一度だけ、おれに償《つぐな》え」

今度裏切ればどうするかということをヴァンは口にしなかったが、言わずとも、それは、その目に明確に表れていた。

ナッカはしばらく黙《だま》って、ヴァンを見つめ返した。それから、低い声でつぶやいた。

「わかりました。お連れしましょう。……でも、その後どうなさるおつもりですか。あそこには、たくさんの戦士がいるんですよ」

ヴァンは、それには、何も答えなかった。

＊

じりじりと夜が過ぎて行く。

さっき、火馬の民の戦士がまた毛皮を持ってきてくれたので、毛皮を敷《し》いてミラルを横にならせて、その上に二人分の毛皮を掛《か》けてやった。

ミラルはうとうとと眠《ねむ》っている。熱が上がりきったらしく、もうふるえてはいなかった。額にびっしりと浮《う》いている汗《あせ》を時折拭《ぬぐ》ってやりながら、ホッサルはまんじりともせずに薬の到着《とうちゃく》を待っていた。

（あの男、薬を間違えずに持って来るだろうか）

薬の名前など教えずに、全部持って来るよう言えば良かった。瓶同士がぶつかると壊《こわ》れるかもしれないので、布かなにかで一個ずつ包《くる》んで持って来てくれ、と言っておくのも忘れてしまった。

落ち着こうと思っても、ああすればよかった、こうすればよかった、ということばかりが心に浮かんでくる。

そろそろ夜半近いのでは、と思われた頃《ころ》、鉄格子《てつごうし》の外にいる看守役が交代した。

さっきまでの男より、随分《ずいぶん》と若い。身体《からだ》つきはたくましいが、松明《たいまつ》の灯りに照らされた顔には、まだ髭《ひげ》すらなかった。

と、出入り口の方からざわめきが聞こえてきた。

(来たか!)

ホッサルは立ち上がって、鉄格子のそばへ行った。

あの沼地の民の小男が、誰《だれ》かを伴《ともな》って近づいて来る。ふたりとも大きな頭陀袋《ずだぶくろ》をもっていた。その背後から、火馬の民の戦士がひとりついてきて、看守の若者に目顔でうなずいた。

看守役の若い戦士は緊張《きんちょう》した面持《おもも》ちでふたりを止め、小男と、もうひとりの男が持ってきた袋の中身を確認《かくにん》しはじめた。

(はやくしろ、はやくしろ、くそ、そんなことは外でもやっているはずだろう)

いらいらと胸の中で罵《ののし》りながら、ホッサルはその作業を見守った。

若い戦士は、やがて顔をあげ、年嵩《としかさ》の戦士にうなずいた。年嵩の戦士は剣《けん》を抜《ぬ》いて構えてから、

「よし、開けろ」

と、言った。

若い戦士が鉄格子の内扉《とびら》の鍵《かぎ》を開けると、ふたりの男たちが腰《こし》をかがめて入ってきた。

ふたりを中に入れると、若い戦士は内扉の鍵を閉めて、その鍵を自分の腰の帯に

ひっかけた。

「持って来てくれたか、ありがとう」

ホッサルは逸《はや》る心を抑《おさ》えて、沼地の民が持ってきた袋を開けた。

驚《おどろ》いたことに、彼らは、小屋に置いておいたすべての薬瓶《くすりびん》と治療《ちりょう》道具を持って来てくれていた。

「これで、よろしかったですか」

「ああ、大丈夫《だいじょうぶ》だ。ほんとうにありがとう」

そのとき、背後で、幼子が目をさました。これまで、どんなに大声で話していても起きなかったのに、さすがに、この騒《さわ》ぎで目が覚めたらしい。

沼地の民の小男についてきていた男が、すっと幼子の脇《わき》に屈《かが》んだ。……とたんに、幼子の目が、まん丸くなった。

「おちゃん！」

幼子の顔に、信じられぬ、という表情が浮かび、次の瞬間《しゅんかん》、大声をあげて泣きながら、その男の腕の中に飛び込んだ。

男は幼子を抱《だ》き上げて、かたく抱きしめた。

「おちゃん！　おちゃん！　おちゃん！」

泣いてしがみつく子を抱きしめて、男はもう大丈夫だ、よくがんばったな、と、低い声であやしている。

その騒ぎに驚いて、若い戦士が、

「なんだ?」

と、声をかけてきた。

「……この子の面倒《めんどう》をみてた伯父《おじ》なもんで」

沼地の民の小男が困ったように答えると、若い戦士は、ああ、そうか、という顔になった。

男は、耳をふっとばすような大声で泣いているユナを抱いて立ち上がり、みなにちょっと頭を下げてから、岩牢《ろう》の隅《すみ》にいって、小声であやしはじめた。

ミラルのことで頭がいっぱいのホッサルは、すぐに治療へと気もちを切り替《か》えてしまったが、マコウカンは、どうもひっかかるものを感じて、男と幼子を見つめていた。

(……ユナの、伯父?)

ほんとうに、そうだろうか。

おちゃん《トチャク》という言い方は、ユカタ方言では、あまり聞かない。伯父なら「おじゃ《チチャク》」と言うはずだ。この子が回らぬ舌で「おんちゃん《トウチャク》(お父さん)」と言っているのだとしたら、むしろオキ地方の言葉に近い。

ふと、沼地の民の小男と目があった。彼は瞬《まばた》きして、目を逸《そ》らした。

ホッサルが顔をあげて怒鳴《どな》った。

「マコウカン、ぼさっとしてないで手伝え！」

マコウカンは慌《あわ》てて、ホッサルを手伝いはじめた。

薬の入った瓶《びん》を並べ、慎重《しんちょう》に注射器をとりだし、消毒液の瓶の蓋《ふた》を開けると、鼻を突《つ》くきつい匂《にお》いが岩牢に広がった。

ホッサルは、ミラルに過敏《かびん》反応が起きたときに備えて、薬や治療道具をきちんと並べてから、ミラルの腕《うで》を消毒し、新薬を注射した。

鉄格子の外から、看守役の若い戦士がじっとこちらを見ている。ホッサルが注射を打つのを見ると、ぎょっと目を見開き、それから、自分が注射を打たれているように顔を歪《ゆが》めた。

ホッサルがひと通りの治療を終えると、若い戦士はおずおずと声をかけてきた。

「……それで、治るのか？」

ホッサルは顔をあげて若者を見た。

「過剰《かじょう》な反応がでなければ、多分」

若者は瞬きをし、ミラルに目をやった。

「痛かっただろ、針なんか刺《さ》されて」

ミラルは熱でぼんやりとくもった顔に、微笑《ほほえ》みを浮かべた。

「大丈夫よ。見た目ほど痛くないの。気にしてくださって、ありがとう」

若者は照れ臭《くさ》そうに顔を歪めて、いや、別に、と言ったが、すぐに、看守としてはまずい態度だったと気づいたらしく、ぴん、と背を伸《の》ばして、隣《となり》の監房《かんぼう》の方に行ってしまった。

彼が離《はな》れると、ホッサルはため息をついた。

「薬を打てて、よかった。まだ発疹《ほっしん》は出ていないし、多分、それほどひどい症状《しょうじょう》にはならずに治るよ。犬に噛《か》まれたんじゃないからな」

それを聞いて、マコウカンが、つっと眉《まゆ》をあげた。

「〈キンマの犬〉に噛まれた場合と、ダニとでは、病の重さが違《ちが》うんですか？」

ホッサルは使用した注射器を片づけ、新しい予備の物を手元に置きながら、うなずいた。

「違うようだな。あの小屋にいた人は、もう発疹も出ていたし、意識も朦朧《もうろう》としていたが、その状態で新薬を打っても効果がでただろう？」

「そうか、たしかに。鷹匠《たかじょう》らとは違いましたな」

薬を打つことができて、ほっとしたのだろう。ホッサルの顔には、随分落ち着きが戻《もど》ってきていた。

「病素は宿主を替《か》えていくと弱毒化する場合が多いが、その逆もあるんだ。ダニが媒《ばい》介《かい》する他の病でも、いったん別の獣《けもの》が宿主になって、そこから人へ感染《かんせん》した場合の方が、症状が重くなる場合がある。黒狼熱《ミッツァル》も、そうかもしれない。まだ確実なことは何も言えない状況《じょうきょう》だけどな。……ま、とにかく、こいつが、ダニ感染の方にはよく効くことが、すでにわかっていたというのは、ありがたかったよ」

そう言いながらホッサルが新薬の瓶を持ち上げたとき、隅の方から、すっとんきょうな声が上がった。

「わぁ、きえぇ！」

みんな思わず、声がした方をふり返った。

ユナが、男の腕から身を乗りだすようにして、新薬の瓶を指さしている。

「ほや、おちゃん見てぇ！　光っちぇるぅ！　きえぇねぇ……」

その声に、ミラルが、はっとしたように顔をまわして、ユナを見た。

「このお薬も、光って見えるの？」

ユナはうなずいた。

「沼《ぬま》にあったイキミと同じように？」

ユナはまた、こくっとうなずいた。

「うん。おんなじょぅ。光っちぇる。とっても、おいちそうよぅ」

ホッサルが眉を寄せてミラルを見た。

「なんの話だ？」

ミラルはホッサルを見上げ、掠《かす》れ声で言った。

「この子には、イキミやアッシミが光って見えるみたいなのよ」

何を言っているのだかわからない、という顔で、ホッサルは眉をひそめたが、次の瞬間、はっと目を見開いた。

「なんだと？……まさか、それで、この新薬も光っているって言っているのか？」

「ええ」

「ばかな！　そんなことが、あるはずがない」

ミラルは熱でぼんやりした目でホッサルを見つめていたが、やがて、疲《つか》れたように目をつぶりながら、つぶやいた。

「でも、多分、ほんとうなのよ。ほかの地衣類は、光っていないと言っていたから」

ホッサルは黙《だま》り込んでしまった。

しばらく、眉根《まゆね》を寄せて考えこんでいたが、やがて、顔をあげて鉄格子《てつごうし》の外を見、看守の若者が、まだ隣の監房の前にいるのを確かめると、沼地の民の小男へ視線を移して、ささやいた。

「さっき、あの子には複雑な訳がある、と言っていたな。その理由を教えてくれないか」

小男は顔をこわばらせた。そして、困ったように、ユナを抱《いだ》いている男に目をやった。

六　狼《おおかみ》の目

ホッサルは、幼子を抱いて岩牢《ろう》の隅《すみ》に立っている男をふり返った。さほど大柄《おおがら》ではないが、剽悍《ひょうかん》な感じのする男だった。目深《まぶか》に頭巾《ずきん》をかぶっているので、顔はほとんど見えない。しかし、男がわずかに顔を動かすと、ふいに、その目が見えた。

まっすぐに見つめられた瞬間《しゅんかん》、ホッサルは思わず腰《こし》をうかした。――つかのま、狼の目を覗《のぞ》き込んでしまったような気がしたのだ。

と、男が口をひらいた。

「……その薬で、黒狼熱《ミッツァル》が治るのですか」

静かな声だった。

沼地の民《ユスラ・オマ》ではない。その話し方は、もっと北方の人々のものだった。それに、この男には沼地の民のような卑屈《ひくつ》さがまったくない。自然体でも威圧感《いあつかん》がある。

（この男、何者だ？）

ホッサルは吐息《といき》をつき、身体《からだ》の力を抜《ぬ》いた。わずかな間でも、怯《おび》えてしまったのが、妙《みょう》に恥《は》ずかしかった。

　男と幼子の正体を知りたいという思いが湧《わ》き上がってきたが、下手《へた》に話をもっていけば、逃《に》げられてしまうような気がした。

　この男は、どことなく野生の獣を思わせる。好奇心《こうきしん》からこちらに顔を向けているが、危険を察知すれば、すっと遠ざかっていくだろう。

　ホッサルは、とりあえず、聞かれたことに答えることにした。

「この薬は、〈キンマの犬〉に嚙まれた者には、あまり効果はなかった。だが、さっきも言ったが、ダニに嚙まれて黒狼熱に似た症状がでていた女人《にょにん》には著効があった」

　ごくかすかだったが、効果がなかった、と聞いた瞬間、男の目が揺《ゆ》れた。

（この男、黒狼熱を治す薬が欲《ほ》しいのか？）

　男はユナを床《ゆか》におろしてから、口をひらいた。

「では、まだ、〈キンマの犬〉に嚙まれた者を救う手立てはない、と」

　ホッサルは男を見つめ返した。

「ああ。確実に効く薬は、まだ出来ていない。――だが、近い将来つくれるかもしれない」

　男の目に光が浮《う》かんだ。

　それを見て、ホッサルは思わず尋《たず》ねた。

「君は、黒狼熱を治す薬が欲しいのだな？　なぜだ？」

男は苦笑《くしょう》を浮かべた。

そうして、しばらくじっとホッサルを見つめていたが、やがて、静かな声で言った。

「病で死ぬ者を見たくないだけです」

ホッサルは瞬《まばた》きした。

差し伸《の》べた手をかわされてしまったような、もどかしさが胸に残った。

「おちゃん、あのねぇ……」

かまって欲しくて、しきりに衣《ころも》をひっぱっているユナをなだめてから、男は、再びホッサルに顔を向けた。

「あなたは深い智《ち》をお持ちの方だと聞いている。――〈キンマの犬〉に噛《か》まれて病を発しても、死ぬ者と死なぬ者がいる理由をご存知なら、教えていただきたい」

ホッサルは眉《まゆ》をあげた。

「とんでもないことを、あっさり聞く男だな君は」

男は黙って答えを待っている。

「君は、どうなんだ？」

少し意地悪い気分になって、ホッサルは尋ねた。

「他の連中が言っているみたいに、〈キンマの神〉の思《おぼ》し召《め》しだと思って、納得《なっとく》できないのか？」

　男の顔に、寂《さみ》しげな笑《え》みが浮かんだ。

「……病に罹《かか》る、罹らぬ、ということに、そういうわかりやすい理屈《りくつ》があるのなら、どれほど楽か、と、思うことはありますが」

　平手で胸を打たれたような気がして、ホッサルは、まじまじと男を見つめた。頰《ほお》に血がのぼるのを感じながら、ホッサルはぐっと唇《くちびる》を結んだ。

　なにか言わねばと思うのに、うまく言葉がでない。こんなことは、はじめてだった。

「……君は」

　ようやく話すべき言葉を思いつき、口を開いた、そのとき、いきなり外が騒《さわ》がしくなり、いくつもの叫《さけ》び声が聞こえてきた。

「なんだ？」

　岩牢の外をふり返ると、看守の若者がこちらに背を向け、出入り口の方に向き直って、剣《けん》を構えるのが見えた。

　肩《かた》の辺りをさわられて、ホッサルは、はっと、顔をもどした。あの男が間近に来ていた。

「薬と治療《ちりよう》道具を袋《ふくろ》に入れて、この子とその女人《によにん》と一緒《いつしよ》に壁《かべ》の方へ」

　囁《ささや》いて、男は幼子をホッサルに押しつけると、沼地の民の小男に顔を向けた。

「なにもせず、ここにいろ。大人しくしていれば、おまえを罪に問わぬよう、とりなす」

そして、マコウカンをふり返った。

「君は、ここへ来てくれ。外から見える位置に」

マコウカンは眉根《まゆね》を寄せた。

「なぜだ？」

その問いには答えず、男は鉄格子《てつごうし》に近づいた。

と、怒声《どせい》とともに、岩牢の出入り口の方から、いくつもの人影《ひとかげ》が入り乱れ、闘《たたか》いながら、飛び込んできた。

押し入って来た人影を見て、マコウカンは、あっ、と声をあげた。

「……姉上!?」

それを聞いて、ホッサルは眉をあげた。

「姉上？　あれが、おまえの姉なのか？」

マコウカンは顔を紅潮させ、乱闘《らんとう》している姉たちを見つめながら、うなずいた。

「あの左側にいるのが、姉です。〈蜂《はち》ノ舞《ま》い手〉たちが来てくれた……！」

〈奥仕え〉の者たちは、それぞれ得意とする技《わざ》を持つ。

マコウカンの母方の家系では代々短剣術《たんけんじゅつ》を伝えており、目にも留まらぬ速さで、ひらめくように細身の短剣を操《あやつ》る戦士たちは、〈蜂ノ舞い手〉という異名をもっていた。

子どもの頃《ころ》、短剣術を握《にぎ》り方から教えてくれた姉が、いま、目の前で、見事な技を見せている。

この狭《せま》い洞窟《どうくつ》の中では、長剣はふるいにくい。姉たちは、思うように剣を動かせずにいる火馬の民の戦士の懐《ふところ》にするりと入るや、その腕《うで》の腱《けん》を内側から切《き》り裂《さ》き、無力化していく。

叫び声と共に血しぶきがあがり、剣が落ちて岩に当たる音が響《ひび》いた。

看守の若者は鉄格子に背をつけ、乱闘している戦士たちの方に剣を向けていたが、構えた剣の切っ先が、ぶるぶると揺れている。

姉に目を奪《うば》われていたマコウカンは、あの奇妙《きみょう》な男が鉄格子の隙間《すきま》から手を伸ばしたのを見て、はっとした。

男は、看守の若者の腰に下がっている鍵《かぎ》を抜き取るや、素早《すばや》く扉《とびら》に差し込んで回した。

カチャン、と鍵が開いた音で、看守の若者が慌《あわ》ててこちらをふり返り、ぎょっとした顔で腰の鍵をさぐりながら、開いてしまった扉を見た。

若者の背後に姉が迫《せま》るのを見て、マコウカンは思わず口を開けた。

その瞬間《しゅんかん》、男が、開けた扉から腕をだして若者の襟首《えりくび》をつかむや、牢《ろう》の内側に引っ張り込んだ。

突《つ》き出された姉の短剣は宙を刺《さ》し、看守の若者は間一髪《かんいっぱつ》、その身に刃《は》を受けることなく牢の床に転がった。

男は転がった若者の手から剣をもぎ取り、その首に剣を当てて若者の動きを制してから、マコウカンの姉を見上げた。

「殺さんでもよかろう。こいつはまだガキだ」

姉は光る目で男を見つめていたが、やがて、くるっと短剣を手の中で回して切っ先を下げると、視線を男からマコウカンに移した。そして、腰帯から予備の短剣を抜くと、マコウカンに渡《わた》した。

「外の様子を確かめてから戻《もど》ってくるわ。それまでしっかりお二人をお守りするのよ」

そう言って、ホッサルに一礼すると、彼女は踵《きびす》を返し、隣《となり》の牢の扉を開けている仲間のもとへ足早に近づいて行った。


〈第四巻へつづく〉

解説

西　加奈子

２０１１年の秋、チベットを訪《おとず》れた。

五体投地をしながら巡礼《じゅんれい》をする人々、あどけない顔をした少年僧《そう》、砂で描《えが》かれた息を飲むほど美しい曼荼羅《まんだら》やバターで出来た精巧《せいこう》な彫刻《ちょうこく》、出逢《であ》うものすべてに心動かされ、息つく暇《ひま》もないほどだったのだけど、中で一番印象に残っているのは、ポタラ宮で生じたある感覚だった。

宮殿《きゅうでん》の内部に足を踏《ふ》み入れた瞬間《しゅんかん》、全身が総毛立った。頭はひんやりしているのに背中から血液が全身に回り、やがてからだが熱くなってきた。見るもの触《ふ》れるものすべてに感じすぎて、歴代のダライ・ラマが座っていた玉座を見たときは泣いてしまった。自分の感情がコントロールできなかった。

それは決して嫌《いや》なものではなかった。怖《こわ》かったけれど、でも守られているような気がして、自分の輪郭《りんかく》がなくなって、それなのに頼《たの》もしくて。とにかくからだの中の細《さい》胞《ぼう》ひとつひとつが強烈《きょうれつ》に何かと呼応しているような感覚があった。

それから何度かそういう体験をしている。いずれも古い教会、ひっそりと佇《たたず》む寺社、または鬱蒼《うっそう》とした森、緑深い山などに足を踏み入れたときだ。

それが、いきものの体内を、そしていきものが存在している世界を、つまりミクロとマクロを同時に目撃《もくげき》している感覚だったのだと気づくことが出来たのは、「鹿《しか》の王」を読んだからだ。慣れ親しんでいるはずのわたしたちのからだ、そしてあずかり知らない何か大いなるものに、わたしは同時に対峙《たいじ》していたのだ。

主人公はヴァンという名の男だ。東乎瑠《ツオル》という強大な国に抗《あらが》い戦った独角《どっかく》と呼ばれる戦士である。独角は飛鹿《ピュイカ》という鹿を操《あやつ》り、自分の命はなきものとして隊のために戦う運命にある。彼は東乎瑠との戦いに敗れ、アカファ岩塩鉱で奴隷《どれい》として囚《とら》われの身である。

ある日岩塩鉱が野犬らしきものに襲《おそ》われる。奴隷たちは皆《みな》その場で、または後に死に至るのだがヴァンは生き残る。彼は自分が生き残った理由が分からぬまま、もうひとり生き残っていた幼女を救い、ユナという名をつけてともに逃亡《とうぼう》の旅に出る。

もうひとりの主人公はホッサルという男。『何事においても異例ずくめの若者』で、古オタワル王国の始祖の血をひく〈聖なる人々〉のひとりでもあり、その技術によって医学院の主幹を務める。ホッサルは岩塩鉱で起こった事件の原因究明をしてゆくうち、やがてヴァンにいきつく。

　こうやって書くと「追う者」と「追われる者」の物語、という単純な図式になってしまうだろうか。この物語はもちろんそんな簡単なものではない。

　東乎瑠帝国《ていこく》に内包されたアカファ王国は東乎瑠帝国に思うところがありつつも忠誠を誓《ちか》っている。そしてそれはアカファの頭脳でもあるといっていいオタワル人からの進言でもあるのだが、そのオタワル人は結果アカファに支配されながら敬意を払《はら》われ、畏《おそ》れ忌《い》まれながら重用されている。故郷を奪《うば》われた様々な民族、例えばユカタ地方の火馬《アファル・オマ》の民、沼地《ユスラ・オマ》の民や山地《オファル・オマ》の民は東乎瑠帝国を憎《にく》んでいるが、一方彼らの土地を奪ったはずの東乎瑠人たちもまた、辺境に移住させられたが故《ゆえ》にここにいるのであり、故郷を思い続けている。

　ヴァンを巡《めぐ》る人物たちの思惑《おもわく》も複雑だ。独角の頭《かしら》であり、逃亡《とうぼう》奴隷であるために追手をかけた東乎瑠帝国の与多瑠《ヨタル》、黒狼熱《ミッツァル》から生き延びた貴重な症例《しょうれい》なので追っていたホッサル、ホッサルと理由は似ているが別の思惑もあって後追い狩人《かりゅうど》のサエに追わせたトゥーリムや、ある目的のためにヴァンを求めた火馬の民のケノイ。

　皆それぞれの思惑を持ち、それぞれの理を持ち、それぞれの生き方を信じている。すべてをここで語り切ることは到底《とうてい》出来ない。今現在我々が住んでいる世界が非常に複雑で決して説明がつかないように。つまり世界と同じように、この物語に絶対的な

「悪役」や「ヒーロー」はいないのだ。上橋《うえはし》さんは安易に何かの味方をしないし、安易に何かを敵とみなさない。ほとんど高潔と言いたくなるその姿勢は、我々の身体《からだ》に対しても及《およ》んでいる。

ホッサルは言う。

「私たちの身体は、ひとつの国みたいなものなんだ」(第4巻P37)

「このひとつの身体の中に、実に様々な、目に見えぬ、ごくごく小さなモノたちが住んでいて、いまも、私の中で休むことなく働いている。滑《なめ》らかに連係を保ちながら。そうやって、私の身体は生かされているんだ」(第4巻P38)

たとえ病理の種であっても、その種のおかげで生き延びることもある。まるっきり清らかで透明《とうめい》な身体だけが健康とは限らない。清濁併《せいだくあわ》せ呑《の》み、善も悪も絶対的な力を持たないところで、わたしたちは「生きて」いる。世界という大きな場所と自分たちのささやかな「生」の、その営みの複雑さと奇跡《きせき》を目の当《ま》たりにしたとき、わたしはどうしようもなく震《ふる》えるのだ。

それにしても、上橋さんはどうしてこんな物語を書くことが出来たのだろう。

「鹿の王」はポタラ宮や森のような空間ではなく、寺社や教会に漂《ただよ》う歴史でもなく、一冊の書籍《しょせき》に過ぎないはずだ。ページをめくると「文字」と呼ばれている黒いぶつぶつが並び、色もなくにおいもなく音もなく、景色もない。なのにこれだけわたしの細

胞を喚起《かんき》する。色もにおいも音も景色もないのに、すべてがある。いいや、すべて以

上がある。そこには、創作の深淵《しんえん》みたいなものに触れた人間にしか許されていない秘

密があるように思う。

その秘密を知りたくて、上橋さんとお話しさせていただいたことがある。いいや、

お話というより、わたしの一方的な疑問や感情を上橋さんにぶっつけるという、失礼

な千本ノックみたいな時間だったのだけど、上橋さんはどんな質問にも、どんな混乱

した感情にも、真摯《しんし》に、そして正直に答えてくださった。

お話をうかがっていると、上橋さんの書き方は書くというよりは潜《もぐ》っているような

感覚だなと思った。潜るといってもただ一方的に下方へ潜るのではない。上方へ、左

へ、右へ、思いがけない場所へ。物語の源泉を辿《たど》る旅を、上橋さんご自身がなさって

いるという印象だった。

上橋さんが到達《とうたつ》される物語の深淵は、きっと誰《だれ》にも到達できない場所なのだろう。

わたしたちのからだが未知なように、わたしたちの世界がずっと複雑なように、その

「場所」は誰からも遠い場所にあり、でも近くにあって、皆のものであり、同時に孤《こ》

高《こう》だ。そんな「大いなる場所」に手を伸《の》ばす上橋さんの勇気はいかばかりだろう。

上橋さんがおっしゃった中で、強烈に印象に残っている言葉がある。

「どれだけ深く潜っても、戻《もど》って来ることが大事だと思うんだ」

誰も到達出来ない深淵に潜っても、誰も見たことのない景色に触れたとしても、そこに留《とど》まるのではなく、必ず「こちら側」に戻って来ること。だから「鹿の王」は完成したのだ。それを思うと、胸が熱くなる。

最後にわたしが勝手ながら思ったことを書きたい。ヴァンが犬たちと混じる、つまり「裏返る」ときの感覚は、上橋さんがこの物語を描くときに得た感覚なのではないだろうか。

『裏返ったときに見た、あの無数の光。か弱く、小さく、しかし、みな、生きるために輝《かがや》いていた。

せめぎ合い、負け、ときには勝ち、ときには他者を助け、命を繋《つな》いでいく無数の光』（第4巻P248）

『あの風景の中には、虚《むな》しさがない。――ただ、命だけがある』（第4巻P64）

おのれの命と、世界でうごめく無数の命、ミクロとマクロ。上橋さんが見た世界、そしてわたしたちの「中」に、「外」にある世界。

何度読んでもこの物語が世界に存在すること、その奇跡に感謝せずにはいられない。

（作家）

本書は、二〇一四年九月に小社より刊行された単行本を、
文庫化したものです。

鹿《しか》の王《おう》 3

上橋菜穂子《うえはしなほこ》

平成29年 7月25日　初版発行

発行者●郡司 聡

発行●株式会社KADOKAWA
〒102-8177　東京都千代田区富士見2-13-3
電話 0570-002-301（ナビダイヤル）

角川文庫 20426

印刷所●旭印刷株式会社　製本所●株式会社ビルディング・ブックセンター

表紙画●和田三造

ISBN978-4-04-105509-0　C0193